SOCIÉTÉ DES ARCHITECTES

DE BORDEAUX

COMPTE-RENDU

II

La Corporation des Maîtres Maçons et Architectes

de la Ville et Fauxbourgs de Bordeaux

La Société des Architectes de Bordeaux

1594 — 1878

NOTES ET DOCUMENTS HISTORIQUES RELATIFS A LA CORPORATION

1723 — 1790

PAR

CHARLES DURAND

BORDEAUX

IMPRIMERIE ADMINISTRATIVE RAGOT

RUE DE LA BOURSE, 9-11-13.

1878

TRAVAUX DE LA SOCIÉTÉ DES ARCHITECTES

DE

BORDEAUX

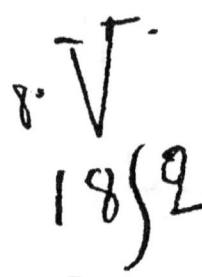

8° V.
1859

SOCIÉTÉ DES ARCHITECTES
DE BORDEAUX

EXTRAIT DU REGISTRE DES PROCÈS-VERBAUX

Séance du 7 Mai 1877

La Corporation des Maîtres Maçons et Architectes
de la Ville et Fauxbourgs de Bordeaux
ET
La Société des Architectes de Bordeaux

1594 — 1878

MESSIEURS,

Dans une des premières séances de cette année, j'ai été chargé de préparer un historique de la Société, pour le joindre à la demande de reconnaissance d'utilité publique que vous avez formée.

Ce travail était presque terminé, lorsque, dans la séance d'Avril, M. J. Lafargue, notre Président, déposa sur le bureau un livre qu'il offrait à notre bibliothèque. Ce livre, de peu d'apparence, mais aussi précieux que rare, est intitulé : *Statuts des Maîtres-Maçons et Architectes de la ville et fauxbourgs de Bordeaux. — A Bordeaux. — De l'imprimerie de P. Albespy, rue des Ayres, vis-à-vis celle du Poisson-Salé. — 1787.*

1

Il y a longtemps que je connais cet ouvrage dont je possède un exemplaire, et j'ai pensé qu'il pourrait vous être agréable d'en avoir un compte-rendu. D'autant plus qu'il y a entre notre Société et la corporation des Maîtres-Maçons et Architectes, plus que des ressemblances professionnelles : il y a encore des liens de parenté et de famille.

La liste des 53 maîtres, en exercice en 1787, comprend bien des noms connus dans les professions modernes d'architectes et d'entrepreneurs :

Petit, dont vous avez connu le fils et dont les petits-fils sont entrepreneurs.

Chalifour.

Laclotte, le grand-père de notre collègue Blaquière.

Valence.

Béraud.

Moreau.

Roux, dont le fils fut l'associé de feu M. Lafargue père.

Gabriel Durand, mon grand-père.

Monnet.

Lasmolle, dont le petit-fils fut un des fondateurs de notre Société.

Burguet, le grand-père de l'architecte de la Ville.

Massé.

Roumillac.

Tous ces noms-là, nous les voyons, ou les avons vu porter par des architectes, des entrepreneurs ou des appareilleurs de notre temps.

Il suffisait de le constater, pour en conclure qu'un historique de la Société des architectes serait incomplet, s'il ne remontait quelque peu dans le passé de l'ancienne corporation.

La première trace que j'en aie trouvée, c'est la mention

de lettres patentes, de septembre 1594, par lesquelles Henri IV érigea les MAITRES-MAÇONS ET ARCHITECTES DE BORDEAUX, EN ART ET CORPS DE COMMUNAUTÉ, EN LA MÊME FORME QUE LES MAITRES-MAÇONS DE SA BONNE VILLE DE PARIS.

Nous n'avons pas ces lettres patentes qui furent confirmées par autres lettres patentes de Louis XIII, données à Bordeaux, au mois de novembre 1615 et renouvelées en octobre 1620.

Quelques années après, les maîtres rédigent de nouveaux statuts, qui sont confirmés par lettres patentes du 2 juin 1673, enregistrées le 19 juillet suivant. Mais, faute d'avoir été adressés au Parlement, les statuts ne sont pas suffisamment authentiques et ne peuvent être invoqués contre les contrevenants. Les maîtres les font enregistrer en Parlement, le 27 juillet 1722 et, au mois de mai 1733, Louis XV les sanctionne, par lettres patentes datées de Versailles. Ce n'est que le 3 juin suivant, que ces lettres patentes sont enregistrées par le Parlement de Bordeaux. Enfin, le 17 mars 1734, elles sont collationnées et contrôlées.

Vous voyez, Messieurs, que les choses n'allaient pas vite, et les maîtres ne furent qu'en 1734, en possession de statuts qui avaient reçu, en 1615, une première approbation. Cent dix-neuf ans y avaient passé !

Néanmoins, les statuts de 1673, qui figurent dans le Recueil imprimé en 1701 par Simon Boë, sont identiques à ceux de 1787 et nous permettent de nous rendre compte de la vie de la corporation à ces diverses époques.

I. IV. XI. (1) — La base de la corporation des maîtres maçons, comme de toutes les autres, c'est la *confrérie*, l'association fraternelle, égalitaire, la famille professionnelle.

II. — Les confrères ont fait choix d'un patron et se

---

(1) Les chiffres romains indiquent les articles des Statuts de 1787.

réunissent dans une église. Le patron, c'est Dieu lui-même : les fêtes, les jours de la Chandeleur et de l'Ascension : le siège de la maîtrise et de la confrérie, c'est l'église des Grands-Carmes, à l'angle sud-ouest de la rue Sainte-Catherine et du cours des Fossés.

La corporation était administrée par quatre *syndics* ou *bayles*, qui se renouvelaient deux par deux. A cet effet, chaque année, à l'issue des vêpres de l'Ascension, l'assemblée générale des maîtres procédait à l'élection de deux bayles, le second et le quatrième ou *petit bayle*. Les deux qui restaient de l'année précédente, devenaient le premier et le troisième. Dans la même séance, on nommait les *capitaines*, chargés de veiller à l'organisation et au bon ordre, dans les cérémonies de l'Ascension et de la Fête-Dieu ; enfin, on nommait aussi les adjoints aux bayles et le trésorier. Les répartiteurs de la capitation et de la milice, les auditeurs des comptes, étaient nommés dans des assemblées spéciales.

Les bayles avaient pour mission de *veiller à la conservation des droits de la maîtrise, observation et exécution des statuts d'icelle et à la découverte des contraventions aux statuts ;* ils recevaient les droits et amendes, conservaient les biens et ornements de la Confrérie et devaient, du tout, rendre compte en fin de charge.

Toutes les élections se faisaient en assemblées générales et à la pluralité des voix, sur convocation régulière, dans l'église des Grands-Carmes.

V. — Mais pour entrer dans la communauté, il fallait, avant tout, être bourgeois de Bordeaux et y avoir son domicile légal. « *Tous ceux qui exercent l'art de maçonnerie, seront domiciliés dans la présente ville et fauxbourgs d'icelle, avec approbation.* »

VIII. — Les ressources de la corporation étaient fort

limitées et très-incertaines. Elles se composaient du droit
d'entrée de douze livres payé par les nouveaux maîtres ;
des amendes infligées aux contrevenants aux statuts
ou à ceux qui ne se rendaient pas aux assemblées ; enfin,
d'une retenue de deux liards par semaine sur le salaire,
non des maîtres, mais *des compagnons*. L'article 1er des
statuts porte : « Les statuts anciens de la frairie des
« maçons seront entretenus à la boîte, de laquelle tous
« compagnons travaillant du dit métier paieront toutes
« les semaines deux liards, que les maîtres qui les feront
« travailler seront tenus de retenir, pour employer au
« dit entretènement et mettre en ladite boîte. »

IV. VI. — Le candidat à la maîtrise, après avoir
justifié de l'accomplissement de ses obligations comme
confrère, devra faire preuve encore DE SA SUFFISANCE ET
CHEF-D'ŒUVRE, ET QU'IL A SERVI LES MAITRES ET TRAVAILLÉ
DUDIT MÉTIER, A BORDEAUX OU DANS QUELQUE BONNE VILLE,
PAR TEMS SUFFISANT.

VII. — Après quoi, on lui donnera à faire une pièce de
trait et une pièce de main qui seront jugées par un jury,
composé d'un jurat, des quatre syndics et de quatre
maîtres : il devra, en outre, répondre aux questions qui lui
seront posées, SUR LES POINTS D'ARCHITECTURE ET MAÇONNERIE.

VIII. — S'il satisfait à ces épreuves, il sera reçu maître,
enrôlé dans la frairie et la maîtrise ; il recevra de la
Jurade des lettres patentes de maître architecte, après
avoir prêté serment d'observer les statuts : il paiera,
comme droit d'entrée, 24 livres applicables aux œuvres
publiques de la ville et 12 livres à la caisse de la corporation, SANS AUCUNS AUTRES FRAIS, FESTIN NI BANQUET (1).

---

(1) Par édit rendu à Versailles, en mai 1691, Louis XIV régularisa les for
malités et le coût des réceptions aux maitrises et supprima les *festins,*
buvettes et autres menus frais, anciennement imposés aux aspirants.

IX. — Pour les fils de maîtres, les épreuves sont moins considérables et les droits réduits de moitié.

X. — Le compagnon qui épouse la fille d'un maître est traité comme fils de maître.

XI. — Le compagnon étranger doit travailler deux ans dans la ville, afin de faire connaître SES VIE ET MŒURS; puis, il se fera recevoir confrère et sera soumis aux chef-d'œuvre, examen et paiement des droits, comme les compagnons bordelais.

XX. — Le maître qui contreviendra aux statuts sera cité devant les jurats et se soumet d'avance à telles amendes qu'ils voudront lui imposer.

La condition de l'*apprentif* est nettement définie.

XII. XIV. — En principe et quel qu'il soit, il paie au maître une indemnité d'apprentissage, à moins qu'il ne soit fils d'un maître pauvre. Dans ce cas, il ne paie rien, mais il doit servir son maître cinq ans au lieu de trois ans, qui sont le terme ordinaire de l'engagement. Il y avait cependant des exceptions à ces règles, ainsi que les contrats notariés permettent de le constater.

XIII. — Si le maître meurt, un autre est tenu de prendre son apprenti, et la famille du défunt rembourse au nouveau maître une part de l'indemnité d'apprentissage, proportionnelle au temps à courir pour parfaire le délai fixé.

XIV. — L'apprenti qui quitte son maître avant le terme convenu, ne pourra être reçu maître qu'APRÈS AVOIR AMENDÉ SA FAUTE.

XV. — Si un maître meurt, la corporation procure des ouvriers à sa veuve, pour achever les travaux commencés : la veuve paie les compagnons; les syndics surveillent le travail.

XIX. — Si un maître manque de travail, il s'adresse

à ses confrères. et, le dimanche suivant, ceux qui ont de la besogne sont tenus de lui en donner, à peine de 10 livres d'amende.

XVII. — Le privilége le plus saillant des maîtres, c'est le droit exclusif de pouvoir *entreprendre et faire édifices ou bâtiments neufs ;* mais les bourgeois, manants et habitants de la ville ont la faculté de faire *réparer, hausser et accommoder leurs maisons, par tel compagnon que bon leur semblera.*

En résumé, pour être reçu maître, il fallait être bourgeois de Bordeaux, présenter des garanties certaines d'honorabilité, avoir appris son métier et prouver qu'on le savait ; ça n'était pas déjà si mal vu et si excessif.

Tant mieux pour qui savait davantage; mais il n'était pas indispensable d'être lettré. Le 9 novembre 1732, les maîtres s'assemblèrent dans l'église des Grands-Carmes, et firent transcrire leurs statuts par Treyssac et Roberdeau, notaires : maître Jean Roumillac déclara *ne savoir signer.*

Maintenant, Messieurs, que nous avons vu la corporation organisée, tâchons de la suivre dans sa vie habituelle.

Les syndics sont jaloux de leurs droits. Le 28 juin 1743, le Parlement, à leur requête, rend un arrêt pour ordonner que les arrêts du 2 mai 1675 et du 1er juin 1720, seront exécutés et « Conformément à iceux, fait la dite « Cour, inhibition et défense aux compagnons maçons « de s'assembler, ni attrouper, sous prétexte de leurs « différents avec leurs maîtres, même de leur prétendue « confrairie, ou autrement sous quel prétexte que ce « soit — et que ce sera censé un attroupement de leur « part, lorsqu'ils se trouveront ensemble au delà du « nombre de trois, hors le tems et les heures de leur

« travail. — Leur enjoint de se ranger et obéir au com-
« mandement de leurs maîtres, sans préjudice à eux de
« se pourvoir par requête ou autrement devant le maire et
« les jurats. Défend aux curés ou religieux de les rece-
« voir en confrairie ou de leur prêter aucunes chapelles
« pour leurs assemblées. — Casse l'acte du 16 juin 1743
« passé par devant Perrens, notaire, par lequel 58 com-
« pagnons nommaient des syndics. »

Les compagnons résistèrent. Le 23 juillet suivant, ils
présentèrent requête, pour obtenir l'autorisation de se
réunir. L'affaire fut portée au Parlement par Durieu et
Mathias, avocat et procureur des ouvriers. Dumat et
Lanusse opéraient, aux mêmes qualités, pour les maîtres.

Le 23 décembre 1743, le premier président Leberthon
déclara que la Cour maintenait son arrêt du 28 juin.

L'affaire n'en resta pas encore là, car le 20 juin 1766,
le Parlement dut rendre un nouvel arrêt, requis par les
syndics des maîtres, lequel met à néant une autorisation
de s'assembler, obtenue par les ouvriers le 30 janvier 1766
et les rétablit sous l'autorité des arrêts du 2 mai 1675,
1er juin 1720, 8 juin et 23 décembre 1743.

Vous le voyez, Messieurs, c'était assez peu libéral, et
on croirait presque que la réunion en corporation de
quelques ouvriers, avait alors autant d'inconvénients,
que paraît en présenter, de nos jours, l'exercice illégal
de la médecine !

Le 9 avril 1771, c'est sur la requête des syndics que
le Parlement rend un arrêt confirmant l'art. XVII des
statuts, qui réserve aux maîtres le droit exclusif d'entreprendre les travaux neufs.

Du reste, ce n'était pas pour les ouvriers seulement
que les syndics se montraient sévères. C'est à leur requête que, le 16 décembre 1730, le maire et les jurats,

juges criminels et de police, rendirent un arrêt, homologué en jurade, le 9 février suivant, par lequel Jean Delugat, maître-architecte, fut condamné à 100 livres d'amende et 31 livres 7 sols 3 deniers de frais, pour avoir sous-traité des travaux qu'il avait entrepris, à Jean Lebon dit La Bonté, compagnon tailleur de pierres. La Bonté fut condamné également à 100 livres d'amende avec 40 livres 7 sols 9 deniers de frais. L'arrêt stipule qu'à l'avenir, chaque contravention de ce genre soumettra ses auteurs à une amende de 500 livres.

Il est intéressant de se rendre compte des rapports de l'autorité avec les maîtres-architectes. Nous avons déjà vu que c'était la Jurade qui délivrait les lettres patentes et qui jugeait souverainement des contraventions aux statuts.

Le 9 mars 1785, le Parlement défend d'enlever la pierre amoncelée sur le quai, avant qu'elle ait été toisée par un des syndics architectes, et il ordonne que la corporation nommera, chaque année, deux de ses membres qui demeureront chargés de cette inspection. Ils devront se rendre sur le quai, vers la fin de la marée, *pour y remplir le dû de leur charge* et verbaliser, au besoin, contre les délinquants. Les fonctions de ces visiteurs sont gratuites.

Le 25 février 1679, sur la requête du procureur syndic de la ville, le roi avait rendu un arrêt rétablissant à Bordeaux, quatre *intendants de haut-fuste* et quatre *de maçonnerie*, aux gages de 30 livres par an.

Ces intendants, qui avaient été supprimés par arrêt du Conseil d'État, de 1669, avaient pour charge de « travailler aux édifices publics et de prendre garde que « ceux qui sont faits par les particuliers soient con-« formes aux statuts ; mais particulièrement de *courir* « *aux incendies*. »

Le 9 juin 1747, une ordonnance de la Jurade enjoint à tous les architectes, entrepreneurs et autres personnes qui feront travailler à faire des fouilles de caves et des tranchées de fondations, de prendre les précautions suffisantes pour empêcher les accidents, à peine de 500 livres d'amende et de privation de la maîtrise, s'ils sont maîtres architectes; sans préjudice de dommages-intérêts s'il y a lieu.

Un arrêt du Parlement, du 31 juillet 1773, défend de commencer les constructions sur la voie publique, avant d'avoir en main l'ordonnance d'alignement : comme aussi de réparer les façades sur la voie publique, sans permission : le tout à peine de 50 livres d'amende et de confiscation des matériaux.

A côté de ces prescriptions particulières, nous trouvons des documents plus généraux.

C'est d'abord l'arrêt du Parlement, du 30 mai 1753, supprimant les endronnes et faisant un règlement pour les mitoyennetés, etc. Nous y verrons des dispositions intéressantes telles que : l'obligation d'établir le mur mitoyen à cheval sur la ligne séparative des héritages ; — la différence de charges à supporter par chacun des voisins, suivant ses droits à l'endronne ; — l'obligation de faire visiter par experts le mur que l'on veut rendre mitoyen, etc.

Une ordonnance des jurats, du 15 janvier 1771, portant règlement pour la construction des maisons, dans la ville et faubourgs de Bordeaux, est un véritable règlement de voirie, complétant ou amendant la Coutume.

Il y est fait mention d'une ordonnance antérieure, du 7 mars 1756, par laquelle il fut prescrit de faire, à toutes les cheminées, une enchevêtrure de 3 pieds de profondeur pour recevoir la maçonnerie du foyer : toute cheminée construite autrement, devait être modifiée dans le délai de trois mois.

Il ne parait pas inutile de résumer rapidement l'ordonnance du 15 janvier 1771.

« — Défense d'élever les maçonneries au-dessus de « 12 pieds, pendant les mois de décembre, janvier et « février, à peine de 3,000 livres d'amende et de la « démolition du bâtiment excédant.

« — Tout mur qui sera élevé à 12 pieds, à la fin de « novembre, sera suspendu jusques au 1er mars, après « avoir été couvert de paille et de tuiles.

« — Défense d'employer la pierre de Roque pour les « angles.

« — Prescriptions relatives à l'appareil des encoi- « gnures.

« — Défense d'employer la pierre de Roque pour la « construction des façades de cour, en parpaing de plus « d'un étage. Au dessus de cette hauteur, ces murs « seront en parpaing de pierre de Bourg, ou en moel- « lons et de 22 pouces d'épaisseur.

« — Défense de substituer au sable de rivière, la recoupe « de pierre ou la terre, pour la confection des mortiers. « La recoupe de pierre est permise pour la pose de la « pierre de taille et de la pierre tendre.

« — Mandat est donné à *Bonfin,* (1) architecte de la « ville, de visiter, chaque mois, toutes les maisons ou « bâtiments en cours d'exécution, pour veiller à l'exé- « cution de l'Ordonnance. »

L'Ordonnance du 9 avril 1771 contient aussi des renseignements précieux.

« — Défense de démolir aucune maison ou mur mitoyen,

---

(1) Bonfin ne figure pas sur les listes des maîtres. Il est qualifié d'*Ingénieur* dans nombre de documents.

« sans avertir les voisins huit jours d'avance, et appeler
« les syndics pour constater et ordonner ce qu'ils juge-
« ront convenable, par un verbal qui en sera fait et
« expédié gratis par les syndics ou leurs adjoints.

« — Défense de bâtir aucun mur mitoyen, ou façade
« de rue, qui ne soit d'épaisseur ; le mur mitoyen de
« 21 pouces et les façades de 2 pieds.

« — Défense de faire renfoncements ou jours, dans les
« murs mitoyens.

« — Hauteur des cheminées au-dessus des combles,
« fixée à 4 pieds au-dessus de la *futaie* de la charpente.

« — Obligation de faire contre-murs aux fosses d'ai-
« sance ; défense de loger les tuyaux de chute dans les
« murs mitoyens.

« — Les syndics veilleront à l'observation des règle-
« ments, en visitant tous les travaux, *deux fois par mois.*

« — Ils vérifieront toutes les pierres qui arriveront à
« Bordeaux, au moyen d'une mesure jaugée par la ville.

« — Les jeunes maîtres ne pourront faire d'expertises,
« qu'ils n'aient atteint l'âge de 25 ans. »

La jauge et le prix de la pierre, son approvisionnement
facile, ne cessent de préoccuper les jurats.

Le 9 juin 1714, le Parlement rend un arrêt pour la
pierre qui doit être portée à Bordeaux et en défend
l'*emparolement.*

Il ordonne des poursuites contre les nommés Renaud,
Mente et Castera, qui ont accaparé la pierre de Roque
de Tau et de Roquepigeon ; leur défend, ainsi qu'à toutes
personnes, de monopoliser les pierres de Roque de Tau,
Roquepigeon, Rauzan, Bouchet, Grésillac, Barsac, Ca-
dillac, Beguey, Langoiran et d'ailleurs, non plus que le
moellon, à peine de *mille livres d'amende* et de tous
dépends.

— Le doubleron aura 2 pieds de long et 1 pied de largeur et de hauteur ; — la demi-pierre, 2 pieds de long, 1 pied de haut, 1 pied 1/2 d'épaisseur ; — la pierre d'appareil, 2 pieds en carré et 1 pied de haut ; — le *courbeau*, 3 pieds de long et 1 pied de grosseur à tous ses côtés ; — le marchepied, 1 pied de large et 1/2 pied de haut.

Les carriers cherchaient à réduire la dimension de la pierre et à en élever le prix ; des tentatives d'accaparement avaient lieu ; le Parlement s'en émut. Déjà, par ses arrêts des 26 mai 1751 et 5 avril 1758, il avait cherché à prévenir les fraudes et avait fixé les dimensions et le prix des pierres de Roque et de Bourg.

Néanmoins, les marchands accaparaient la pierre, ne la tiraient pas de jauge ou de bonne qualité ; ils augmentaient arbitrairement les prix, réduisaient le volume réglementaire du bateau de moellon.

Le 17 mars 1767, la Cour ordonne que les arrêts des 26 mai 1751 et 5 avril 1758 seront exécutés, selon leur forme et teneur : en conséquence, que le prix de la pierre de la Roque de Tau, bonne et marchande, demeurera fixé, pour le cent complet de doublerons, sans demi-pierres, (et dont les doublerons seront de 22 pouces de long sur 1 pied de haut et 11 pouces d'épaisseur), à 24 livres sur le port de la ville. Elle enjoint aux carriers et pierriers, maîtres de clotes ou propriétaires du dit lieu de Roque de Tau, de tirer ou de faire tirer la pierre de ladite jauge, dans de bonnes carrières et non dans de mauvaises, et de la vendre eux-mêmes, sur les lieux, à raison de 17 livres, auquel prix elle reste fixée.

La pierre de Bourg sera vendue 40 f. le cent : elle doit avoir 26 pouces de long, sur 1 pied dans tous les sens.

L'*emparolement* et le commerce de revendeur de pierre sont interdits, à peine de 500 livres d'amende.

Il est défendu aux maîtres architectes de rien donner aux matelots, à titre de pièce, ou autrement, au-delà du prix fixé pour la pierre.

Les bateaux servant au transport du moellon, seront jaugés et marqués en présence des syndics des maîtres architectes, par deux syndics qui seront nommés par devant notaire, dans la huitaine de l'arrêt, par les carriers, et, à leur défaut, par les syndics des architectes.

Ces syndics des carriers veilleront à l'exécution de l'arrêt et poursuivront les délinquants, devant le juge de Bourg.

En cas de contravention, les bateaux seront saisis et confisqués.

— Le 25 avril 1768, la Cour autorise les marchands de pierre de Bourg à nommer, parmi les carriers, quatre adjoints qui aideront les syndics à veiller à ce que la pierre soit tirée conformément aux arrêts du Parlement. La pierre qui ne sera pas de jauge, sera confisquée au profit des pauvres.

Le 18 février 1778, la Cour refuse aux·carriers de la Roque, la faculté de réduire la jauge de la pierre, qu'ils voudraient ramener à 21 pouces ou 21 pouces 1/2 de longueur sur environ 11 pouces ou 11 pouces 1/2 de haut et environ 10 pouces d'épaisseur.

La Cour maintient l'ancienne jauge ; mais elle élève le prix, en carrière, de 17 à 20 livres et maintient le prix de 7 livres au bénéfice des marchands ; de sorte que, sur le quai, on paiera 27 livres au lieu de 24. Les bateaux pour le moellon seront visités. Les contrevenants encourront une amende de 500 livres.

— Le 12 juillet 1783, le Parlement renouvelle ses précédents arrêts.

— Le 9 mars 1785, tout était à refaire. Les marchands

ne fournissaient plus la pierre de jauge ni de qualité, et ils en élevaient arbitrairement les prix. Les architectes reconnaissaient bien que les anciens prix ne répondaient pas à l'enchérissement de toutes choses; mais ils constataient que les augmentations subies par les prix de la pierre étaient absorbées par les marchands, sans que les carriers en reçussent rien.

Le Parlement ordonne :

« — Que le prix de la pierre de Roque, bonne et mar« chande et d'ancienne jauge, sera de 21 livres sur les « lieux et 30 livres à Bordeaux.

« — La pierre de Bourg sera payée 38 livres sur les « bords de la Dordogne et 48 livres à Bordeaux.

« — Défense aux carriers de tirer de la pierre qui ne « soit de bonne qualité.

« — Défense à toutes personnes de resserrer la pierre, « de l'accaparer ou de la vendre au-delà des prix fixés par « l'arrêt.

« — Les matelots ne recevront rien au-delà des prix « établis.

« — La pierre sera déposée sur le quai, en toises cubes, « et ne pourra être enlevée qu'après avoir été agréée par « un des maîtres architectes. Le moellon est soumis à la « même visite.

« — Deux d'entre les maîtres seront plus spécialement « chargés de ce service, qu'ils devront faire chaque jour et « gratuitement.

« — La jauge du bateau de moellon reste fixée à trois « quarts de toise cube et son prix à 15 livres.

« — Les carriers de la Roque et de Bourg sont invités « à veiller à ce que la ville ne manque pas de matériaux; « *ils en répondraient,* le cas échéant, *en leur propre et* « *privé nom.* »

Citons, en passant, un arrêt du Parlement du 30 janvier 1787, rendu à la requête des maîtres charpentiers et défendant aux ouvriers, à peine de 36 livres d'amende, d'emporter les *coupeaux et bouts de bois* des chantiers où ils travaillent. Là encore, nous retrouvons des noms de contemporains : Baldy, Bordes, Fontanel, etc.

Vous le voyez, Messieurs, ce n'était pas petite affaire que de maintenir l'ordre dans l'une des moins turbulentes des cinquante-quatre corporations qui existaient dans le ressort du Parlement de Bordeaux en 1701, et dont Simon Boë a réuni les statuts, par ordre des jurats, dans un curieux volume (1).

Cependant, la cour du Parlement et la Jurade n'y allaient pas de main morte et élevaient souvent le taux des amendes, sans parvenir à arrêter les contraventions.

C'est que les temps étaient proches. La vieille société française tremblait sur sa base, et bientôt le droit commun allait se substituer à toutes ces juridictions particulières qui, souvent fort sages en elles-mêmes, étaient néanmoins trop nombreuses et trop compliquées pour que l'abus ne pût s'y introduire aisément, et qui constituaient d'ailleurs, pour le juge chargé d'en assurer l'exécution, un singulier dédale.

Je n'essaierai pas ici, Messieurs, d'apprécier, au point de vue général, l'influence des corporations sur la société

---

(1) Anciens et nouveaux statuts de la ville et cité de Bordeaux. Revus, corrigez et augmentez de tous les arrêts du Conseil et du Parlement, des ordonnances et règlements qui ont été rendus sur iceux depuis l'édition de 1612, de Simon Millanges, jusques à présent. Le tout imprimé par ordre de Messieurs les Jurats, avec une table des principales matières. A Bordeaux, chez Simon Boë, imprimeur de la Ville. — 1701.

L'édition de 1612, qui avait été préparée par De Lurbe, en 1593, ne renferme pas les statuts des maîtres-maçons. Nous avons vu que les lettres patentes de Henri IV ne sont que de 1594.

française ou sur les métiers eux-mêmes. Je me bornerai
à dire qu'après les avoir longuement étudiées, je suis
convaincu qu'elles sont fort mal connues, et que la vérité
n'est pas plus dans les éloges dont certains les ont
comblées, que dans la critique dédaigneuse et la répro-
bation superbe dont quelques-uns croient pouvoir les
accabler, de confiance et sans investigations suffisantes.

Mais il est grand temps d'en revenir aux architectes.

Par une loi demeurée célèbre, l'assemblée nationale
décréta, le 17 mars 1791, qu'*à partir du 1er avril suivant
il serait libre à toute personne de faire tel négoce ou
d'exercer telle profession, art ou métier qu'elle trouverait bon.* Les corporations avaient vécu ! Plus d'apprentis, plus de compagnons, plus de maîtres, plus de
chef-d'œuvre. Liberté pour chacun de choisir et d'exercer
tous les métiers, à ses risques et périls et sous la seule
garantie du droit commun et de la Loi.

C'était peut-être aller un peu vite en besogne, car la
loi, il fallait la faire ; et vous savez que ce ne fut qu'en
1803 et 1804 que le Code civil fut promulgué.

Enfin et quoi qu'il en soit, voilà les architectes libres
de tous liens ; libres sont aussi les ouvriers, les carriers,
les marchands de pierres et tous les autres : qu'ont-ils
fait de la liberté au point de vue professionnel ?

Pour certains métiers, elle n'a pas été de longue durée
et la corporation leur a été imposée, avec des conditions
qui sont à peu près semblables à celles des anciens
statuts. Médecins, chirurgiens, pharmaciens, gens de
loi ne peuvent exercer qu'en vertu d'un diplôme, qui
remplace les lettres patentes ; après examens et contri-
butions spéciales, qui rappellent singulièrement les
chefs-d'œuvre et droits des corporations.

Les agents de l'Etat remplacent les syndics et les bayles.

2

C'est l'Etat, directement ou par la municipalité, qui
est devenu visiteur des bâtiments, poinçonneur des me-
sures, des poids, des matières d'or et d'argent ; qui vérifie
le poids des marchandises et souvent leur qualité ; il
taxe parfois le pain et la viande, comme on taxait la
pierre. Que de choses n'ont fait que changer de nom !

Au moins pourrait-on croire que l'industrie a pleinement profité de cette liberté que lui rendait la suppression des corporations ; et il est vrai que pendant plus de
soixante ans, on n'a guère entendu parler de rien qui
rappelât l'organisation ancienne.

Cependant, le compagnonnage n'a pas cessé d'exister
pour les métiers. Tailleurs de pierre, charpentiers, serru-
riers, maréchaux, menuisiers, peintres, jardiniers, bou-
langers, cordonniers, et bien d'autres, ont dès longtemps
réorganisé leurs associations.

Les sociétés, les confréries de maîtres étaient nombreuses aussi, lorsqu'un essor général est venu rétablir,
de fait, les corporations disparues, par l'institution des
Chambres syndicales.

Je me bornerai à constater que, sans idée préconçue,
tout le fait croire, les règlements des syndicats et le
nôtre aussi, reproduisent les conditions essentielles des
anciens statuts.

Que demandez-vous, Messieurs, à ceux qui veulent
faire partie de la Société des Architectes ?

De justifier qu'ils ont appris leur profession dans une
école ou sous un maître connu. C'est *l'apprentissage*.

De justifier, par leurs actes antérieurs, qu'ils ont profité des leçons qu'ils ont reçues. C'est comme un *examen*
tacite et la constatation du *chef-d'œuvre* accompli.

Un droit d'entrée, une annuité, comme autrefois. Ce
qui ne se retrouve plus, c'est l'autorité du maître sur

l'apprenti : elle a disparu avec ses obligations. Le devoir de secourir le confrère malheureux, d'aider la veuve de celui qui meurt, de faciliter le mariage de l'orpheline : tout cela ne s'écrit plus; on ne le ferait pas moins au besoin, il faut l'espérer !

Ainsi, lorsque vers 1855, quelques-uns d'entre nous firent une première tentative pour constituer à Bordeaux une société d'Architectes, ils n'étaient, en réalité, que les continuateurs des maîtres de 1787; ils obéissaient simplement à un mouvement général, qui a porté les membres de presque toutes les professions modernes, à se grouper en sociétés, en syndicats, en associations de toutes sortes, mais qui ont toutes la même base : la solidarité.

Notre premier effort ne réussit pas; la Société ne put se constituer et ce ne fut que près de dix ans plus tard, qu'une nouvelle tentative amena enfin le résultat désiré.

L'exemple ne manquait pourtant pas, car dès 1840, nos confrères de Paris constituaient la Société centrale des Architectes, à laquelle bon nombre de vous sont affiliés : les sociétés de Lyon, de Nantes, de Lille existaient avant la nôtre.

C'est en 1863 que la Société des Architectes de Bordeaux a été fondée par les quinze architectes dont les noms suivent :

G. Alaux. — A. Blaquière. — Brun. — Burguet, architecte de la Ville. — Courau. — H. Duphot. — Charles Durand. — Durassié. — Grelet aîné. — A. Labbé, architecte du département. — Lafargue père. — J. Lafargue fils. — A. Lasmolle. — V. Mialhe. — Thiac.

Depuis cette époque, quatre des fondateurs sont morts; deux ont donné leur démission; deux sont devenus membres honoraires.

Le nombre des membres titulaires est actuellement de 34 ; celui des membres honoraires est de 23.

Les premiers statuts ont été arrêtés le 21 juillet 1863 et approuvés par M. le Préfet de la Gironde le 17 novembre suivant. Ils ont été révisés le 4 septembre 1877 et approuvés le 7 novembre suivant.

A son début, la Société s'est établie allées de Tourny, n° 10, dans une des salles de l'hôtel de l'Académie, gracieusement mise à sa disposition par l'administration municipale.

Au mois de juillet 1870 elle a transporté son siége rue Castillon n° 15 ; depuis le mois de juillet 1877 elle est installée rue des Trois-Conils n° 55.

A l'origine, le droit d'admission était de 25 francs et l'annuité de 25 francs aussi. L'un et l'autre ont été successivement élevés de 25 fr. à 30 fr., et enfin à 40 francs.

Dès 1866, la Société avait reconnu l'utilité de donner de la publicité à ses travaux. Ce projet n'a été réalisé qu'en 1877, par la publication d'un volume de près de 200 pages, dans lequel sont condensés les faits les plus importants accomplis de 1863 à la fin de 1872. Un nouveau volume, dont la publication est prochaine, rendra compte de la période qui embrasse les années 1873 à 1877. Dorénavant, et tous les deux ans, la Société publiera, en un fascicule, le compte-rendu de ses travaux.

Le but qu'avaient en vue les fondateurs de la Société, c'était l'union des architectes de Bordeaux, de façon à assurer leur unité d'action dans toutes les affaires où l'intérêt commun, où la dignité professionnelle se trouveraient engagés. On ne pouvait pas supposer, tout d'abord, la large part d'influence et de considération qui était réservée à la Société par l'administration municipale.

Il importe de constater que, dès la fondation, la municipalité bordelaise en a souvent appelé à la Société, dans des questions importantes, et qu'à de bien rares exceptions près, elle s'est conformée à ses avis. Ainsi, et par une remarquable coïncidence, les descendants et les successeurs des vieux maîtres bordelais n'avaient pas plutôt relevé la vieille corporation, que les successeurs des Jurats renouaient avec eux des relations de confiance et de bon vouloir inaugurées au seizième siècle.

En 1864, lorsqu'il s'est agi de réglementer à nouveau la police des constructions, le Maire a pris l'avis préalable et motivé de la Société.

En 1872, il l'a également interrogée sur les modifications à apporter à l'arrêté de voirie du 5 mai 1865.

En 1876, il a chargé la Société d'un travail d'ensemble, pour la révision générale de cet arrêté.

Bien souvent, il a eu recours à ses lumières pour l'examen de projets d'importance souvent capitale et parmi lesquels il convient de citer :

— L'abaissement de l'esplanade des Quinconces.

— La construction du musée et de la bibliothèque sur cette esplanade.

— La question de la conservation des Portes Dijeaux et de la Monnaie.

— Celle de la convenance qu'il y aurait à bâtir sur la place de la Caisse d'Epargne.

— L'Eglise Saint-Augustin.

— La restauration des charpentes de Saint-Seurin.

— Les détails importants et nombreux du Musée en construction dans le jardin de l'Hôtel de Ville.

— La création d'un cours d'architecture à l'école de dessin.

— Diverses questions de voirie, etc., etc.

Enfin, et de même qu'autrefois les syndics étaient les conseillers intimes des jurats, de même aujourd'hui le président de la Société est fréquemment et familièrement consulté par le maire et ses adjoints.

De nombreux industriels ont soumis à la Société leurs produits ou leurs inventions et des rapports ont été faits sur la plupart de ces communications.

Il suffira de citer les suivants :

MM. Bosquet. — Panneaux lattés pour cloisons.

Piquant. — Espagnolettes.

Laclaverie. — Tuyaux cannelés, en zinc.

Escach et Bellu. — Briquettes pour cloisons.

Fournier-Holagray. — Fers et fontes.

Gasset et Fils. — Rideau pour cheminée.

Buchin. — Sonneries à air.

Villepastour. — Couverture en ardoise sur crochets.

Gourguechon. — Parquets sur bitume.

Diaz. — Robinets automoteurs.

Vignes. — Appareil d'aisances.

Malavergne. — Ramoneur articulé.

Des architectes, des artistes, des industriels de la région se sont adressés à la Société pour demander des avis, des renseignements, ou pour signaler leurs œuvres à son attention.

Dès l'origine des Chambres syndicales à Bordeaux, la Société des Architectes s'est préoccupée de l'importance que les syndicats s'efforçaient de prendre, dans les affaires de construction, non-seulement en publiant des tarifs, mais encore et surtout en cherchant à modifier les conditions normales et habituelles des travaux, des métrages et des paiements.

Toujours empressée de remplir envers tous, son mandat de sauvegarde et de contrôle, la Société a tenu à honneur de contenir les syndicats et de les ramener, autant que possible, à la justice et à la vérité, lorsqu'ils lui ont paru s'en écarter.

C'est pour cela qu'elle a toujours refusé d'accorder aux séries de prix et conditions, aucun caractère officiel ou obligatoire.

Après s'être efforcée, en 1868, de faire comprendre au *Syndicat général du bâtiment* ce que les séries présentaient d'erroné et d'excessif, la Société s'est enfin résolue, en mars 1872, à dire publiquement son avis sur la valeur réelle des séries. Cet acte d'énergie de sa part, a eu pour conséquence immédiate d'éclairer le public ainsi que les diverses juridictions et de les empêcher d'accorder aux séries une importance qu'elles ne sauraient avoir sans tourner au préjudice de ceux qui font construire, de la légitime part d'autorité des architectes et aussi des intérêts bien entendus des diverses corporations du bâtiment.

Il convient, Messieurs, de ne pas confondre cette façon d'agir des architectes de 1878 vis-à-vis des syndicats, avec les agissements des syndics de 1743 vis-à-vis des ouvriers. Les maîtres défendaient leurs priviléges seuls; tandis qu'en agissant comme vous l'avez fait au sujet des séries, vous défendiez la justice et la liberté de tous, contre une tentative de création de priviléges arbitraires et mal fondés.

En dehors de ces avis largement prodigués et de ce contrôle sur le personnel exécutant, la Société n'a pas été sans se préoccuper de ce qui concerne les arts en général et l'architecture plus particulièrement.

En 1864, elle demandait à la municipalité la création à Bordeaux d'une école des beaux-arts.

En 1876, elle décidait qu'elle prendrait l'initiative de concours annuels ouverts entre les élèves des ateliers de Bordeaux, et où elle récompenserait en même temps, l'invention dans la composition de projets dont elle donnerait les programmes et l'exactitude intelligente dans des relevés de monuments du pays. Ce projet sera mis à exécution cette année même.

De nombreuses questions relatives à l'interprétation des dispositions générales du Code civil, aux devoirs des architectes, aux travaux en cours d'exécution, aux mille incidents de la pratique, ont été discutées en séance ou étudiées par des commissions spéciales. Des avis sur ces matières ont été échangés avec les sociétés correspondantes. Rien enfin n'est négligé par la Société pour maintenir et augmenter, s'il se peut, la juste considération dont il convient de reconnaître que sont partout investis les membres d'une corporation, placée sans cesse en présence de ses devoirs et de ses intérêts, sans qu'on puisse citer que de bien rares exemples où ce ne soit pas le devoir qui ait primé l'intérêt. Encore faut-il proclamer hautement que, pour être rares, de semblables défaillances n'en sont pas moins impitoyablement jugées : ceux qui y succombent doivent renoncer à tout espoir de jamais voir figurer leur *nom* au nombre de ceux des membres des sociétés d'architectes.

C'est pour cela que tout architecte, conscient de la dignité de sa profession, sûr de son honneur et respectueux de son art, s'empresse de demander son admission dans la société la plus prochaine. C'est pour cela aussi que la Société de Bordeaux a foi dans son avenir et dans l'utilité de ses efforts, parce que chacun y travaille pour tous, sans autre souci que l'honneur de la corporation qui est son intérêt le plus élevé.

Il ne convient pas à la Société de dire ce qu'elle a pu faire au point de vue de l'assistance et de la charité.

Mais on lui pardonnera de se rappeler avec quelque émotion que lorsque, en 1870, les plus jeunes prenaient les armes pour défendre le sol sacré de la France, ceux qui restaient ouvraient leur pauvre épargne et offraient leur coopération pour les travaux de leur aptitude dont le pays pourrait avoir besoin (1).

Plus tard, il fallait payer le vainqueur! Et la Société apportait son denier à cette œuvre de douloureuse abnégation.

En résumé, et en toutes circonstances, la Société des Architectes de Bordeaux a la conscience d'avoir fait son devoir : elle n'a pas d'autre but ni d'autre ambition.

Elle croit accomplir une tâche utile, honorable pour elle, profitable pour tous. Elle reprend, des traditions de la vieille corporation, tout ce qui doit la guider vers le bien, en restant d'accord avec le progrès et la liberté modernes; et de même que les maîtres réclamaient, comme récompense de leurs services, comme consécration de leurs statuts, l'enregistrement des lettres patentes du roi au Parlement, la Société des Architectes de Bordeaux vient aujourd'hui demander d'être reconnue d'utilité publique : ce seront là ses lettres de grande maîtrise, la récompense du passé et le gage de l'avenir.

Bordeaux, le 7 mai 1878.

CHARLES DURAND.

---

(1) Il convient de citer les noms des membres de la Société qui ont pris part à la campagne de 1870; ce sont :

MM. Michel ALAUX, Jules COUDOL, Evariste DUPUCH, Edouard FLANDRAI, Albert LABBÉ, Louis LABBÉ, Paul LAFARGUE. Gustave LEMARCHAND, Ernest MINVIELLE, Henry MOLLO, Emmanuel SAUNIER, Jacques VALLETON.

Séance du 2 Juillet 1878.

NOTES ET DOCUMENTS HISTORIQUES

RELATIFS

A LA CORPORATION DES MAITRES-MAÇONS

1723 — 1790

Il existe aux archives départementales de la Gironde un assez grand nombre de registres provenant des anciennes corporations.

L'un de ces volumes est un petit in-folio, renfermant 186 feuillets écrits à la main et une liste imprimée. Il est intitulé : *Délibérations des Maçons, 1769 — 1790 — C 738 — 1757*. Il renferme la plus grande partie des actes accomplis par la corporation dans les vingt-deux dernières années de son existence. Sur les gardes est collée une liste imprimée des membres de la corporation, de 1732 à 1772.

J'ai fait, à cet important document, de nombreux emprunts qui ne l'ont pas épuisé : il serait à désirer que quelqu'un de nos collègues prît le soin de compléter ces extraits, si la Société ne préfère pas faire copier le tout.

A ceux que ce travail pourrait séduire, je dois également signaler les minutes des notaires qui renferment, en outre, des contrats d'apprentissage, des devis, des marchés, des comptes, des quittances qui jettent le plus grand jour sur la situation des maîtres dans la seconde moitié du dix-huitième siècle. Je n'ai pu dérober à mes affaires ou à mes rares loisirs assez de temps pour entreprendre cette tâche. Aussi, loin de prétendre avoir épuisé ce sujet important, j'ai la conscience de l'avoir seulement ébauché. C'est parce que je sais qu'on peut faire plus et mieux, que je me borne à présenter les documents qui vont suivre dans un ordre simplement rationnel; ce sont des éléments que je suis heureux d'offrir à ceux qui voudront reprendre et perfectionner le travail que je n'ai pu que commencer et que je désire vivement voir compléter (1).

Il m'a paru convenable de classer ces documents dans l'ordre suivant :

I. — Liste des maîtres, de 1732 à 1789.

II. — Les syndics ou bayles, les officiers de la corporation.

III. — Apprentissages.

IV. — Chefs-d'œuvre.

V. — Lettres de maîtrise.

VI. — Discipline de la corporation.

VII. — Finances de la corporation ; ses embarras ; ses ressources ; assistance.

VIII. — Actes politiques de la corporation.

IX. — La confrérie ; ses drapeaux ; ses dépenses.

(1) Je ne puis douter que les employés des archives soient aussi obligeants pour un autre qu'ils l'ont été pour moi; je suis heureux de leur offrir ici le témoignage de ma gratitude.

I

LISTE des Maîtres-Maçons, Architectes, Jurés, Experts, Contrôleurs des bâtiments, Intendants de maçonnerie de la ville et fauxbourgs de Bordeaux, avec l'année de leur réception et leur demeure.

Extraits des statuts de 1787 et du registre des délibérations déposé aux archives départementales. Cette dernière liste imprimée se rapporte à l'année 1772. Celle qui figure dans les statuts, est précédée de la mention suivante :

« Cette communauté est érigée en la même forme que celle des « Maîtres-Maçons de Paris, par lettres patentes de Henri IV, « Louis XIII et Louis XV, duement enregistrées au Parlement. Il « y a quatre syndics pour veiller à la conservation, contraventions « et défectuosités des ouvrages de maçonnerie qui se font dans la « ville et fauxbourgs. Il y a, en outre, quatre adjoints qui, en « exécution d'un arrêt de la Cour du Parlement du 9 avril 1771, « sont tenus d'assister les syndics pour la visite des bâtiments. « Les syndics et adjoints sont élus tous les ans, la veille de l'Ascension. »

Les maîtres dont les noms sont précédés d'un astérisque figurent sur la liste de 1772; quelques-uns se retrouvent sur celle de 1787, quelquefois avec des changements d'adresses.

* 1732. François Lartigue, doyen, porte Sainte-Eulalie.
* 1732. François Bousigon, près la Croix-de-Seguey, à Saint-Seurin.
* 1739. Jean Petit, au pont du Guit (en 1787, il était doyen et demeurait aux Chartrons); *mort*.
* 1739. Philippe Dureau, rue Margaux.

* 1747. Nicolas Girard, rue Notre-Dame à Saint-Seurin.
* 1747. Jean Richefort, fossés de Bourgogne (en 1787, près Sainte-Croix); *mort le 15 août* 1791.
* 1749. François Roux, grand'rue Saint-Seurin.
* 1751. Antoine Eliot, à Saint-Nicolas-de-Grave; *mort.*
* 1751. Mathieu Blanc, porte Sainte-Croix (en 1787, porte de la Monnaie); *mort en* 1787.
* 1752. Gabriel Chalifour père, rue Pèlegrin, *mort le 25 mars* 1788.
* 1754. Pierre Bellard, rue Ségu.
* 1755. Jean Malescot, hors la porte d'Aquitaine.
* 1755. Pierre Rousseau, rue de la Trésorerie, à Saint-Seurin.
* 1755. Etienne Laclotte, rue Fondaudège, à Saint-Seurin.
* 1757. Claude Tardy, près le Jardin-Public.
* 1757. Pierre Chevay, cul-de-sac des Capucins (en 1787 aux Terres-de-Bordes); *mort.*
* 1759. Etienne Bayle, rue des Ayres.
* 1760. Mathieu Valence, rue Sainte-Eulalie; *mort.*
* 1762. Nicolas Béraud père, rue Fondaudège à Saint-Seurin; *mort en* 1797.
* 1762. Joseph Dardan, absent.
* 1762. Jean Laclotte, rue Saint-Martin, à Saint-Seurin (en 1787, rue Judaïque-Saint-Seurin); *mort en* 1794.
* 1768. George Sabarot, près du château du Hâ (en 1787, rue Porte-d'Albret).
* 1769. Rivaille.
* 1770. Blaise Despujols, rue Fondaudège, à Saint-Seurin; *mort en* 1805.
* 1770. Jean Rogeat, hors la porte d'Aquitaine (en 1787, rue Mingin); *mort en* 1791.
* 1771. Nicolas Papon, rue des Minimes.
* 1772. Antoine Grasset, rue des Trois-Chandeliers (en 1787, rue Causserouge).
* 1772. Jacques Moreau, hors la porte des Capucins; *mort en* 1788.
* 1772. Louis Brothier, grand'rue Saint-Seurin (en 1787, rue Notre-Dame, à Saint-Seurin); *mort.*
* 1772. René Hurtault, rue Lafontaine (en 1787, rue des Incurables); *mort en juillet* 1812.

* 1776. François Girard, rue Traversane.

1776. Jacques Roux, rue Neuve-Saint-Martin.

1776. Jean Chalifour fils, rue Ségur; *mort en février* 1815.

1776. Jean-Baptiste Béraud fils aîné, rue Porte-d'Albret; *mort en* 1803.

1776. Martin Brothier fils, absent.

1776. Jean Martin, rue Fondaudège; *mort le* 22 *février* 1810.

1778. Fulcrand Croizet, place Féger, aux Chartrons; *mort en septembre* 1792.

1778. Jérôme Audoueing, rue Ségur; *mort en mars* 1796

1778. Pierre Faux, cours d'Albret, *mort le* 4 *janvier* 1789.

1780. Gabriel Durand, près le Jardin-Public; *mort le* 8 *mars* 1814.

1781. Pierre Lacave, place Dauphine.

1781. Dominique Paillou, rue Sainte-Thérèse; *mort en* 1812.

1783. Jean Mouret, rue Saint-Paul; *mort en* 1795.

1784. Jean Lasmolle, grand'rue Saint-Seurin.

1784. Bernard Burguet, grand'rue Saint-Seurin.

1784. Jean Jeanneau, rue Pont-Long; *mort en* 1791.

1785. Jean Cassagne, rue Sainte-Eulalie; *mort en* 1803.

1785. Jean Dufau, hors la porte d'Aquitaine; *mort le* 15 *juin* 1815.

1785. Jean Salomon, rue des Glacières; *mort en juillet* 1797.

1786. Michel Michel, fossés du Chapeau-Rouge; *mort en mars* 1795.

1786. Jean Bergerac, grand'rue Saint-Seurin.

1786. Jean-Baptiste Dérieux, rue Fondaudège; *mort.*

1786. Jean Barthez, au Puits-Descazeaux; *mort le* 28 *février* 1814.

1787. Etienne Béraud fils jeune, rue Fondaudège.

1787. Jean Massé, place Saint-Projet.

1787. Joseph Dupuy, rue Traversane; *mort en* 1788.

1787. Léonard-René Poirié, cours d'Albret; *mort en* 1804.

1787. Jean Serven, grand'rue Saint-Jean.

1787. Jean-Nicolas Menot, rue Neuve-Saint-Seurin.

1787. Louis Privat, rue de l'Annonciade.

1787. Jean Laforet, hors la porte des Capucins.

1787. Huste, cours d'Albret; *mort en février* 1816.

1788. Claude Clochard.   •
1789. Jean Richefort, rue du Noviciat-des-Jésuites.

Rivaille, Clochard et Richefort ne figurent pas sur les listes imprimées et c'est par leurs signatures au registre que j'ai pu constater leur existence, ainsi que par la mention de délivrance de leurs chefs-d'œuvre.

Les mentions de décès ont été copiées par mon père sur un exemplaire qui avait appartenu à M⁰ Menot; elles se terminaient par la mention suivante :

1815, 4 avril. Nous sommes seize.

Il est curieux de constater que vingt-quatre ans après le décret de suppression des corporations, les survivants des maîtres-maçons ne considéraient pas le lien confraternel comme rompu. A leurs yeux, la corporation mutilée subsistait encore. Ils auraient été heureux de prévoir que, moins de cinquante ans plus tard, la Société des Architectes se constituerait et poursuivrait leur œuvre momentanément interrompue.

II

Les Syndics ou Bayles; les Officiers de la corporation.

C'était une charge importante que celle des syndics, et leur élection donnait presque toujours lieu à une compétition sérieuse.

Certains maîtres ambitionnaient ardemment cet honneur et on en trouvera la preuve dans ce fait que, le 2 juin 1787, le premier bayle se plaignit à la communauté de ce que maître Audoueing avait intenté une action devant les jurats, sous prétexte qu'on lui avait fait un passe-droit, en ne l'appelant pas au baillage, à son tour : il était maitre depuis 1778. On décida de résister à cette action si Audoueing y persistait, en même temps, les bayles furent autorisés à répondre favorablement à ses avances de conciliation, s'il en faisait.

J'ai recueilli les nominations de bayles de 1769 à 1790. J'y ai joint celles des capitaines et trésoriers. J'ai négligé comme moins intéressantes, celles des adjoints, répartiteurs de la capitation et de la milice et aussi celles des auditeurs des comptes que les bayles et trésoriers rendaient en fin de charge et pour lesquels la corporation montrait une rigueur motivée surabondamment par le mauvais état de ses finances.

Ainsi que je l'ai déjà dit, les deux syndics élus chaque année, prenaient rang de second et de quatrième, ceux qui restaient de l'année précédente, devenaient premier et troisième : ceci explique la position relative des noms dans la succession des années.

Liste chronologique des bayles, capitaines et trésoriers avec la date de leur élection.

13 Mai 1769. Bayles : Dardan, Laclotte ainé, Bayle, Valence.
Capitaine : Laclotte jeune.

23 Mai 1770. Bayles : Laclotte ainé, Malescot, Valence, Béraud.
Capitaine : Sabarot.

8 Mai 1771. Bayles : Laclotte ainé, Roux, Béraud, Laclotte jeune.

27 Mai 1772. Bayles : Roux, Bellard, Laclotte jeune, Sabarot.
Capitaine : Rogeat.

19 Juin 1773. Election retardée par l'état de troubles à l'époque de l'Ascension. Bayles : Bellard, Bayle, Sabarot, Despujol.

19 Juin 1773.   Capitaine : Papon (1).

11 Mai 1774.   Bayles : Bayle, Richefort, Despujol, Rogeat (2).
Capitaine : Papon (1).

24 Mai 1775.   Bayles : Richefort, Béraud, Rogeat, Papon (1).
Capitaine : Grasset.

15 Mai 1776.   Bayles : Béraud, Laclotte, Papon, Rogeat (2).
Capitaine : Moreau.

7 Mai 1777.   Bayles : Laclotte, Sabarot, Rogeat, Moreau (2).
Capitaine : Moreau.
Trésorier : Roux (3).

27 Mai 1778.   Bayles : Sabarot, Despujol, Moreau, Brothier.
Capitaine : Hurtault.
Trésoriers : Roux et Bayle.
Secrétaire : Papon fils aîné. (4)

12 Mai 1779.   Bayles : Despujol, Chevay, Brothier, Hurtault.
Capitaine : François Girard.
Trésorier : Roux père.
Secrétaire : Nicolas Papon.

3 Mai 1780.   Bayles : Chevay, Rogeat, Hurtault, Girard.
Capitaine : Roux.
Trésorier : Sabarot.

23 Mai 1781.   Bayles : Rogeat, Valence, Girard, Roux.
Capitaine ; Chalifour fils.

---

(1) Papon est nommé capitaine deux ans de suite.

(2) Rogeat sortait de charge; il est renommé et exerce ainsi les fonctions de bayle pendant quatre années consécutives.

(3) C'est la première nomination de trésorier : jusqu'en 1777, c'était un des bayles qui en remplissait les fonctions.

(4) Les fonctions de secrétaire sont d'institution nouvelle : les nominations ne se suivent pas régulièrement et je n'ai pu savoir si les fonctions devinrent permanentes entre les mains de Papon fils aîné, dont le nom ne se retrouve plus parmi ceux des officiers de la corporation.

23 Mai 1781. Trésorier : Despujol (1).

8 Mai 1782. Bayles : Valence, Papon, Roux, Moreau.
Capitaine : Bellard.
Trésorier : Despujol (1).

28 Mai 1783. Bayles : Papon, Moreau, Brothier, Bayle.
Capitaine : Béraud fils.
Trésorier : Despujol (1).

19 Mai 1784. Bayles : Moreau, Béraud fils, Brothier, Papon
fils aîné.
Capitaine : Martin.
Trésorier : Despujol (1). — On décide qu'à l'avenir
le trésorier sera tenu de faire des avances jusqu'à 1200 livres moyennant 5 p. % d'intérêt
par an.

4 Mai 1785. Bayles : Brothier, Hurtault, Martin, Jean Laclotte.
Capitaine : Croizet.

24 Mai 1786. Bayles : Hurtault, Girard fils, Jean Laclotte, Croizet.
Capitaine : Audoueing,
Trésorier : Martin.

16 Mai 1787. Bayles : Girard fils, Despujol, Croiset, Moreau.
Capitaine : Faux.
Trésorier : Martin.

30 Avril 1788. Bayles : Despujol, Béraud fils aîné, Moreau,
Audoueing.

---

(1) Despujol fut élu trésorier quatre fois de suite et vraisemblablement
maintenu en 1785. L'obligation d'avancer 1200 livres par an à une corporation qui avait alors de grandes dettes, dut l'empêcher de continuer ses fonctions plus longtemps.

A partir de 1783, la corporation fait parfois elle-même le classement des
bayles : en 1784, à la suite d'un scrutin, ce fut Moreau qui devint premier
bayle; en 1785, au lieu de deux bayles, on en nomme quatre.

30 Avril 1788.	Capitaine pour l'Ascension : G. Durand (1).
	Capitaine pour la Fête-Dieu : Lacave (1).
	Trésorier : Martin.
20 Mai 1789.	Bayles : Béraud fils aîné, Hurtault, Audoueing, Lacave.
	Capitaines : Paillou, Mouret (1).
12 Mai 1790.	Bayles ; Hurtault, Martin, Lacave, Paillou.
	Capitaines : Lasmolle, Burguet.
	Trésorier : Jean Laclotte.

Il m'a semblé que la forme de la nomination des officiers de la corporation pouvait présenter de l'intérêt, et j'ai transcrit deux procès-verbaux : le premier est pris au hasard : le second est celui de la nomination des derniers syndics ; c'est le dernier acte de la corporation, au point de vue de son administration intérieure. La veille de l'Ascension de 1791, elle n'avait plus d'existence légale.

Nomination de Bayles

11 Mai 1774.

Nous, soussignés, maîtres massons et architectes jurés et inspecteurs de massonnerie de la ville de Bordeaux, nous nous sommes assemblés à la manière a coutumée à l'issue de Vespres de la veille de l'Assencion de notre Seigneur, le onzième may mille sept cents soixante quatorze, dans l'église des révérends pères Carmes mitigés d'icelle pour faire la nomination des bayles et adjoints. Après avoir recueilly les voix des maîtres qui se sont trouvés à la ditte nomination, les deux anciens maîtres portés pour second Bayle et ceux portés pour quatrième Bayle ; les deux anciens sont

---

(1) Ces capitaines étaient les ordonnateurs, les maîtres de cérémonies, dans les deux fêtes où la corporation se produisait en public. Jusqu'en 1788, il n'y avait qu'un capitaine pour les deux fêtes.

maître Richefort et maître Bereau, et le sort a tombé sur maître Richefort pour segond Bayle et pour quatrième Bayle, le sort a tombé à maître Rogeat et pour capitaine maître Papon.

Avons aussi nommés pour adjoints, maître Bousigon, maître Roux, maître Laclotte jeune et maître Moreau. Et avons signé tel jour et an que dessus.

> BERAUD. — ROUX. — LACLOTTE. — GRASSET. — ROGEAT. — BROTHIER. — MOREAU. — HURTAULT.— DESPUJOL, bayle.— BELLARD, bayle. — SABAROT, bayle. — BAYLE, bayle.

NOMINATION DES DERNIERS SYNDICS DE LA CORPORATION

12 Mai 1790.

Aujourd'huy douze may mille sept cents quatre vingt dix, la communauté des maîtres maçons et architectes experts jurés à Bordeaux, assemblés à la manière accoutumée au couvend des révérends Pères Grands-Carmes de cette ville, mittigées d'icelles à l'issue des premières vèpres de la cension de notre seigneur dans l'Eglise comme à la coutume pour y faire la nomination des officiers quy doivent passer par charge de la présente année, a été nommé à la pluralité des voix et par escrutin le sieur Martin pour segond bayle et pour petit bayle le sieur Paillou et pour adjoints aux dits bayles les sieurs Chevray, Brothier, Massé et Privat et pour capitaine de la Cension le sieur Lasmolle, pour celui de la fête a Dieu, le sieur Burguet. Pour trésorier, la Communauté a nommé le sieur Jean Laclotte. Et avons signé jour et an que dessus.

> RICHEFORT. — ELIOT. — CHEVAY. — VALENCE. — Jean LACLOTTE. — DUFEAU. — BROTHIER. — CHALIFOUR fils. — CROIZET. — JANEAU. — BURGUET. — BERGERAC aîné. — BERAUD jeune. — PRIVAT. — BARTHEZ fils. — LASMOLLE. — SALOMON. — PAILLOU.— POIRIER. — SERVER. — LACAVE, bayle. — AUDOUEING, bayle. — BÉRAUD aîné, bayle. — HURTAULT, bayle.

(Martin refusa la dignité de bayle, pour cause de départ. Il fut remplacé, le 9 juillet 1790, par Croizet qui fut nommé deuxième syndic).

III

Apprentissages.

Il n'est pas besoin de demander quel accueil serait fait de nos jours à l'architecte qui qualifierait ses élèves *d'apprentis*. Il serait aussi mal venu qu'à leur conseiller d'apprendre à tailler la pierre, comme le faisaient les aspirants à la maîtrise il y a cent ans et moins. C'est que les anciens maîtres n'étaient pas seulement des théoriciens instruits, des dessinateurs habiles; c'étaient encore des praticiens expérimentés, des constructeurs, des *appareilleurs* comme il n'en reste plus guère.

Aussi les voit-on toujours enseigner à la fois le dessin et la *coupe de pierre*. L'apprenti travaille de ses mains; il a ses outils, comme les *compagnons;* il doit au maître un labeur manuel et il en reçoit des leçons autant comme ouvrier que comme artiste.

Les conditions de l'apprentissage sont déterminées à l'avance et les parties s'y engagent, tant par elles-mêmes que par caution. L'apprenti devient le commensal et le serviteur de son maître; il entre dans *la famille*, et le prix qui est stipulé dans certains contrats n'est pas un salaire, un profit pour le maître; c'est une compensation d'une partie de la dépense que l'apprenti occasionnera. Lorsque, par une circonstance particulière, cette dépense doit diminuer, si l'aptitude de l'apprenti, comme ouvrier, est suffisante pour compenser tout ou partie de cette dépense, le maître renonce à tout ou partie de la rétribution en argent ; parfois même il rétribue l'apprenti d'une partie de ses services en concourrant à son entretien. Dans tous les cas, le maître s'engage à instruire l'apprenti, *au mieux de son pouvoir* et celui-ci s'oblige de même à bien travailler, à obéir au maître, à veiller à ses intérêts et à ne pas le quitter avant l'expiration de son engagement ; ils s'en donnent des garanties réciproques.

Les contrats d'apprentissage se passaient par devant notaire. On sait que les notaires intervenaient alors dans une grande quantité de transactions où ils n'ont plus que faire aujourd'hui. Le défaut d'instruction rendait cette intervention nécessaire ; l'importance qu'on attribuait aux conventions s'y ajoutait certainement.

Nous avons vu, en 1732, Treyssac et Roberdeau, notaires, transcrivant les statuts des maîtres.

En 1743, le notaire Perrens passe un acte par lequel les compagnons nommaient des syndics.

Les diverses opérations commerciales se faisaient par actes notariés.

J'ai transcrit, à titre de curiosité, les contrats d'apprentissage suivants qui figurent aux minutes de Treyssac, déposées aux archives départementales. Comme tous ces contrats, moins un, sont relatifs aux apprentis du même maître, Estienne Dardan, (1) il sera facile en les lisant, de se rendre compte des modifications que la position particulière des apprentis apportait aux conditions de leur admission chez les maîtres.

Les minutes du même Treyssac contiennent au moins

(1) Cet Estienne Dardan est l'un des ascendants de Joseph Dardan, reçu en 1762.

une centaine de contrats d'apprentissage des divers métiers. Dans le nombre, il y en a quelques-uns relatifs à des professions exercées par des femmes.

1723. — *N° 988 des minutes de* TREYSSAC, *notaire.*

Aujourdhuy cinquième du mois de décembre mil sept cents vingt trois, avant midy, par devant les notaires royaux à Bordeaux soussignés, fut présent Joseph Bourdeau, âgé d'environ vingt-quatre ans, habitant de la paroisse Sainte-Eulalie de Bordeaux, lequel s'est mis et mèt par ses présentes, en aprentissage du métier de massonnerie et architecture, avec sieur Estienne Dardan maltre architecte au dit Bordeaux, habitant au bourg et paroisse Saint-Seurin, à ce présent et le dit aprentif acceptant, pour le tems et espace de trois années prochaines et consécutives qui commenceront à courir le premier jour du mois de mars prochain, auquel jour ledit aprentif promet de se rendre chez ledit Dardan, chez lequel et partout ailleurs où il sera nécessaire, ledit aprentif promet de travailler au mieux de son pouvoir à la dite maçonnerie et architecture, et en ce et toutes autres choses licites, obéir au dit Dardan, prendre garde qu'il ne perde rien dans ses *centiers* (chantiers) et ailleurs où il sera employé et où il viendrait à si perdre quelque chose par la faute et négligence du dit aprentif, iceluy aprentif sera tenu d'en payer la juste valeur au dire d'experts à ce entendus, pendant lesquelles trois années ledit aprentif ne pourra s'absenter en aucun tems du travail du dit Dardan sans son consentement, et où il viendrait à le quitter avant l'échéance des dites trois années, ledit aprentif s'oblige et sera tenu de luy fournir un autre compagnon de même capacité que luy, duquel répondra pour parachever ce qui restera à faire desdites trois années, moyennant quoy ledit Dardan promet et sera tenu de le norrir, coucher et blanchir, même pendant huit jours de maladie et de luy donner deux chemises de toille de brin neuves audit aprentif chaque année, avec quatre paires de souliers aussy chaque année, et à la fin du dit apprentissage une veste avec une paire de culottes de Cadis d'aignan. Et outre ce, de luy aprendre, au mieux de son pouvoir, la dite maçonnerie et tout ce qui le concerne pour tailler la pierre. Et pour une plus grande seureté des promesses et obligations du dit aprentif, a été aussy présent Pierre Bougé, vigneron, demeurant hors les murs et paroisse Sainte-Eulalie de Bordeaux, chez le sieur Coulet, lequel, à la prière et réquisition dudit aprentif s'est pour luy rendu pleige caution, et répondant de tous les faits et promesses du dit aprentif envers ledit Dardan, dont il fait sa propre afaire solidairement avec ledit aprentif et luy seul pour le tout, renonçant au bénéfice de division, ordre de droit et discution duquel cautionnement ledit aprentif promet de relever indemne sa dite caution, le tout à peine de tous dépens, dommages et intérêts. Et pour l'entretènement de ce dessus, les parties ont obligé sçavoir les dits aprentifs et caution solidairement comme dit est, tous leurs biens, meubles et immeubles présens et à venir, même ledit aprentif envers sa dite caution et ledit Dardan les siens qu'ils ont soumis à justice. Fait et passé à Bordeaux dans l'étude de Treyssac. Et un de nous, ledit Dardan a signé ; non lesdits aprentif et caution pour ne sçavoir de ce faire interpellés, la présente minute demeure audit Treyssac.

Dardan, aprouvant le mot de seulement raturé en l'autre part.

FATIN.   TREYSSAC.

Reçu dix sols sur le droit du notaire.

Controllé à Bordeaux le 4 décembre 1723, folio 30. Reçu trente-six sols compris les quatre sols pour livre.   LECLERC.

N° 991. — Aujourdhuy treizième du mois de décembre mil sept cent vingt-trois, avant midy, pardevant les notaires royaux, à Bordeaux soubsignés, fut présent François Lamarque, âgé d'environ sèze ans, natif de la paroisse de Rancon, en basse marche, estant de présent en cette ville, lequel sémis en aprentissage du métier de maçon et architecte, avec sieur Estienne Dardan, maitre architecte à Bordeaux, habitant du fauxbourg et paroisse Saint-Seurin lès Bordeaux. à ce présent, et ledit aprentif acceptant, pour le temps et espace de quatre ans prochains et consécutifs qui ont commencé le quinzième avril dernier que ledit aprentif entra chez ledit Dardan, et finiront au quinze avril mil sept cent vingt-sept, pendant lequel temps ledit aprentif sera tenu de travailler au mieux de son pouvoir à la maçonnerie et architecture, en ce et toutes autres choses licites, obéir audit Dardan et veiller a la conservation de ses intérêts, Et où il viendroit à lui laisser souffrir quelque dommage ou perdre quelque chose par sa faute et négligence, il sera tenu d'en payer la juste valeur au dire d'experts, sans que pendant ledit aprentissage, iceluy aprentif puisse s'absenter des traveaux et affaires dudit Dardan, sans sa permission. Et au cas qu'il viendroit à le quitter, il sera tenu de luy fournir un autre compagnon de même capacité, à ses frais et risques. Moyennant quoy, ledit Dardan sera tenu de le norrir, loger, coucher et blanchir, de luy donner une paire de souliers chaque année dudit aprentissage et de luy montrer et enseigner, au mieux de son pouvoir, ledit métier de maçon et architecte, même de le norrir, loger et soigner pendant huit jours de maladie seulement. En par ledit aprentif s'entretenant des pieds en cape de tout son nécessaire, et à la fin dudit aprentissage, iceluy aprentif en pourra porter un marteau taillant, une équerre, une ripe, un fert carré, deux cizeaux et deux gouges, de ceux dont il se servira. Et pour plus grande sûreté de l'exécution de toutes les promesses et obligations dudit aprentif, en faveur dudit Dardan, a été aussi présent Pierre Roumillac, tailleur de pierres, oncle dudit aprentif, habitant ordinairement audit Rancon, et à présent audit Saint-Seurin, lequel est pour ledit aprentif entré plaige caution et répondant envers ledit Dardan de tous les faits, promesses et obligations dudit aprentif, en fait sa propre afaire et debvra solidairement avec ledit aprentif et luy seul pour le tout, renonçant à ces fins, aux bénéfices de division, ordre de droit et discution. Duquel cautionnement et événements d'iceluy ledit aprentif sera tenu de le relever indemne, le tout à peine de tous dépens, dommages et intérêts. Et pour l'entretennement de tout ce dessus, les parties ont obligé tous leurs biens, meubles et immeubles présents et à venir, et lesdits aprentif et caution, solidairement comme dit est, même ledit aprentif envers sadite caution, qu'ils ont soumis en justice.

Fait à Bordeaux, dans l'étude de Treyssac, l'un de nous, et ont signé :

DARDAN. — Pierre ROUMILLAC. — François LAMARQUE. — FATIN. — TREYSSAC.

Aujourd'huy vingt-huitième du mois d'octobre mil sept cent trente et un après midy, par devant les notaires royaux à Bordeaux, soussignés; furent présents Bernard Savignac, négociant, et Estienne Savignac, âgé d'environ dix-neuf ans, père et fils, habitans de Bordeaux, rue des Ayres, parroisse Sainte-Colombe, ledit Savignac fils, partant que de besoin, bien et duement autorisé dudit Savignac son père par ces présentes pour l'effet d'icelles; lequel Savignac fils, du consentement et autorisation dudit Savignac son père, s'est mis et met par ces présentes en apprentissage du métier de tailheur de pierre, aux travaux et sous la conduite du sieur Etienne Dardan, maître architecte de cette ville, habitant du bourg et parroisse Saint-Seurin lès Bordeaux, à ce présent et ledit aprentif acceptant, pour le tems et espace de trois années prochaines et continues qui commenceront à courir le premier jour du mois de novembre prochain, pendant lequel temps ledit sieur Dardan promet d'aprendre et faire apprendre, au mieux de son pouvoir, à tailler la pierre audit apprentif, en par luy s'y employant, aussy au mieux de son pouvoir, ce faisant ledit sieur Dardan, le norrira, logera, couchera et faira blanchir, même pendant huit jours de maladie si le cas arrivoit, pendant lequel temps ledit apprentif ne pourra s'absenter de la Compagnie et travaux du sieur Dardan, sans son adveu et consentement exprès, que s'il venait à faire le contraire, ledit Savignac son père promet et s'oblige de le faire revenir sur le champ parachever son apprentissage, sinon il sera permis au sieur Dardan de prendre autre garçon, de même capacité, pour parachever ce qui en restera à faire. S'il venait à se perdre quelque outil ou autre chose de chés le sieur Dardan ou de ses chantiers, par la faute dudit apprentif, lesdits Savignac seront tenus de luy en payer la juste valleur à dire d'experts à ce entendus. Ledit Savignac père sera tenu d'entretenir son dit fils de pied en cap et de luy fournir les outils nécessaires pour la première fois, lesquels ledit Dardan luy fera entretenir, afin qu'a l'échéance dudit apprentissage ledit apprentif les puisse emporter en bon état.

Le présent apprentissage ainsy convenu pour lesdites trois années et outre ce pour et moyennant le prix et somme de cent cinquante livres, sur laquelle ledit Savignac père promet et s'oblige de payer audit sieur Dardan celle de soixante-quinze livres dans trois jours prochains, et les autres soixante-quinze livres à l'échéance

dudit apprentissage, à peine de tous dépens dommages et intérêts.
Et pour l'entretenuement de ce dessus, les parties ont obligé tous
leurs biens, meubles et immeubles, présents et à venir, qu'elles
ont soumis à justice.

Fait et passé à Bordeaux, en l'étude de Treyssac, l'un de nous.
Lesdits sieurs Dardan et Savignac fils ont signé ; non ledit Savignac
père, pour ne sçavoir, de ce faire, interpellé par nous.

DARDAN. — SAVIGNAC fils. — BRUN.
— TREYSSAC.

29 *février* 1739. — Martial Tulé, employé dans les affaires du
Roi, habitant de Bordeaux, rue Permentade, engage son fils, André
Tulé, âgé de dix-huit ans, comme apprenti maçon et architecte,
chez Étienne Dardan, pour deux ans, à partir du 25 mai 1738. Il
devra se rendre sur les travaux tous les jours, et chez le maître les
jours de fètes et de dimanche, pour savoir si on a besoin de lui et
faire tout ce qui lui sera commandé *d'honnéte et de licite.* Dardan
promet de lui apprendre à *dessigner.* — Ledit apprentissage est
consenti *sans aucun prix d'iceluy, en considération de ce que ledit
Tulé sera tenu de nourrir, loger, coucher, entretenir et faire blanchir son fils.*

29 *mai* 1752. — Antoine Boudat, âgé de dix-huit ans, habitant
du bourg et paroisse Saint-Seurin, rue Fondaudége, du consentement de son père, François Boudat, tailleur d'habits pour hommes,
habitant rue de la Trésorerie, se met en apprentissage *de fait d'architecte,* chez Étienne Dardan, maître architecte, rue Fondaudége,
pour deux ans, à partir dudit jour 29 mai 1752. Dardan doit le
loger, nourrir et coucher et lui enseigner son *art d'architecte.*
L'apprenti promet de travailler de son mieux et d'obéir à Dardan,
ainsi qu'à la demoiselle son épouse. Boudat père entretiendra son
fils et fera blanchir son linge, il lui fournira les outils nécessaires
pour tailler la pierre et le papier pour les plans et dessins que
Dardan s'engage à lui enseigner. L'apprentissage est consenti
moyennant cent livres, que Boudat père promet de payer, par moitié, le 31 octobre 1752 et 1753.

8 *août* 1734. — Pierre Decous, tonnelier, et sa femme, Cathe-
rine Roberjot, engagent leur fils, Jean Decous, âgé d'environ dix-
sept ans, habitant avec eux le bourg et paroisse Saint-Seurin-lès-

Bordeaux, comme apprenti tailleur de pierres chez Pierre Dardan, dit Franc-Cœur, tailleur de pierres et maître architecte, habitant rue des Capérans, à Saint-Seurin (rue Lafaurie de Monbadon), pour trois ans, ayant commencé le 1er juin 1734. — Le maître doit le loger, nourrir et coucher. L'apprenti répondra de ce qui se perdra par sa faute. Les parents l'entretiendront de pied en cap et feront blanchir son linge. Le prix de l'apprentissage est fixé à cent livres, dont moitié à la Noël prochaine et le reste à la Noël de 1735.

IV

Chefs-d'œuvre.

Il est bien curieux de voir combien étaient sérieuses les épreuves imposées aux aspirants à la maîtrise et on peut se demander si quelques-uns des programmes de l'Ecole des Beaux-Arts, pour le prix de Rome, ne sont pas empruntés aux corporations. — Un bâtiment pour les Etats-Généraux. — La façade d'un palais. — Une porte de ville de guerre. — Une porte de ville. — Un portail d'église en rotonde. — Une pyramide décorée de trophées. — Des bains romains circulaires. — Des fontaines publiques. — Un hôtel pour un Président à mortier. —Un hôtel sur plan irrégulier, pour un riche marchand. Si on y ajoute des pièces considérables de coupe de pierre, on reconnaîtra que ceux qui accomplissaient les chefs-d'œuvre, méritaient bien la maîtrise.

Remarquons encore que ces chefs-d'œuvre devaient se faire chez un des maîtres, et le plus souvent, chez un des syndics, ce qui équivalait à la moderne *mise en loge*. Toute fraude était sévèrement réprimée, témoin ce qui advint à Moreau et à Sensinne qui furent contraints de recommencer les pièces pour lesquelles ils s'étaient fait aider.

Il ne faut pas perdre de vue ce qu'avait de naturel alors, de despotique pour nous, l'intervention des jurats qui contraignirent les maîtres à délivrer chef-d'œuvre à Jean Cannaud et à Poirier. — Cannaud ne fut jamais reçu ; Poirier ne le fut qu'en 1787, bien que son admission au chef-d'œuvre date de 1781. — Gastambide ne fut pas reçu non plus ; il avait promis de faire son chef-d'œuvre dans six mois, chez Rogeat. — G. Durand fut admis au chef-d'œuvre le 16 septembre 1779 ; ses lettres de maîtrise sont du 19 décembre 1780, quinze mois après ; ainsi des autres.

Des apprentis de maître Etienne Dardan, dont j'ai donné les contrats, pas un ne figure sur la liste des maîtres. Avaient-ils renoncé à la maîtrise ou échoué dans leurs épreuves ? Les documents nous manquent pour éclaircir la question.

Mais ce qui est incontestable, c'est l'importance du chef-d'œuvre et la prétention de la corporation à en décider. Les jurats intervinrent, en 1788, pour faire admettre Claude Clochard, en le dispensant du chef-d'œuvre ; la corporation dut obéir et Clochard fut reçu, non sans protestations violentes. Le 2 mars 1789, quand il s'agit de voter des subsides pour l'envoi au Roi de la députation du tiers-État, maître Papon, avant de signer, mentionna au registre qu'il votait le subside *à cause de l'absence de Clochard ;* une partie importante de la corporation se joignit à lui dans son animadversion, contre celui qu'on considérait comme un intrus, indigne de la maîtrise. — La communauté ne voulut pas tolérer cette entreprise sur les droits de la majorité ; Papon fut condamné à un an d'exclusion et à payer une garniture de cierges à l'autel de la confrérie, à moins qu'il s'excusât. — Il résista, ses adhérents avec lui; et il s'ensuivit un procès devant les jurats. Mais le parti de la conciliation l'emporta, et quelques jours après, le 18 mars, la corporation décida qu'il serait coupé court à toute instance et que l'annotation jointe par Papon à sa signature, le 1er du même mois, serait effacée. Elle existe cependant encore et cet incident prouve assez que les chefs-d'œuvre étaient des épreuves réelles et que ceux qui obtenaient les honneurs de la maîtrise en savaient le prix et entendaient en faire respecter la dignité.

DÉLIVRANCE DE CHEFS-D'ŒUVRE

17 décembre 1770.—Nicolas Papon, compagnon maçon.

Une trompe en tour ronde rampante ; — une chapelle sépulcrale octogone, avec porche Dorique; décorée à l'intérieur d'un ordre Ionique, avec quatre mausolées.

2 mai 1771. — Antoine Grasset et Jacques Moreau.

Le 6 décembre, les maîtres refusèrent de recevoir le serment de J. Moreau, parce qu'il s'était fait aider pour perfectionner son *essay de main ;* il dut en faire un autre, consistant en un portique Dorique, avec accouplement de colonnes, couronné par un fronton, le tout chez Malescot, 1er Bayle. — Nous n'avons pas les programmes primitifs.

13 septembre. — Jacques Gastambide, compagnon maçon, *aprentif de ville*, et Jean Martin, compagnon.

Une trompe de Montpellier en tour ronde dans l'angle ; — une fontaine publique d'ordre Dorique.

19 septembre 1775. — Maturin Tardy, fils de maître Claude Tardy.

Un hôtel à loger un président à mortier, avec ses plans, coupes et élévations.

26 février 1778. — Fulcran Croizet, compagnon maçon.

Un portique d'ordre Dorique ; — une voûte en vis Saint-Gilles.

1778. — Sensinne.

Le 23 septembre, on décida que Sensinne, qui faisait faire son chef-d'œuvre par des mains étrangères, le referait lui-même chez un des Bayles. — Nous n'avons pas le programme.

23 décembre 1778. — Léonard-René Poirier, compagnon maçon (sur appointement des jurats).

Une pyramide elliptique dont les diamètres seront entre eux comme 2 est à 3 ; — décoration d'une pyramide ornée de trophées, érigée à la mémoire d'un homme illustre.

16 septembre 1779. — Gabriel Durand, compagnon maçon.

Une fontaine publique, composée d'un soubassement cylindrique supportant une pyramide conique établie en tour ronde, terminée en octogone, avec escaliers, voûtes, trompes, etc. ; — le frontispice d'une église conventuelle avec ordre Dorique.

9 juin 1781. — Jean Cannaud, compagnon maçon (sur appointement des jurats).

Mêmes chefs-d'œuvre que Gabriel Durand.

17 avril 1782. — Mouret.

Un escalier dans un carré-long, voûté en vis Saint-Gilles ; la coupe dudit escalier en développement, voussures et trompes.

10 avril 1784. — Lasmolle.

Une vis Saint-Gilles ronde, avec portique ; — un portique Dorique terminé par un attique, avec allégories triomphales.

9 novembre 1784. — Jean Jeanneau, compagnon.

Un escalier voûté en vis Saint-Gilles, suspendu et à jour, sur plan triangulaire; — un portail d'église en rotonde et partie de son plan.

22 février 1785. — Bernard Burguet.

Une porte de ville avec accouplement de colonnes Ioniques et fronton triangulaire.

22 février 1785. — Jean Cassaigne jeune.

Un plan circulaire de bains à l'usage des Romains; — l'élévation géométrale du projet.

24 novembre 1785. — Michel Michel. — Bergerac.

Le chef-d'œuvre n'est pas indiqué.

17 février 1786. — François Barthés.

Une voûte d'arrête en tour ronde rampante; — une porte pour une ville de guerre ou un arsenal d'artillerie.

5 mai 1786. — François Derieux, compagnon maçon.

Un hôtel sur plan irrégulier, pour un riche négociant, avec plans et élévations.

4 novembre 1786. — Jean Massé, compagnon maçon, gendre de Moreau. — Jean Serven ou Sylvain. — Jean-Nicolas Menot.

Les chefs-d'œuvre ne sont pas indiqués.

8 octobre 1788. — Claude Clochard, compagnon.

Une vis Saint-Gilles; — la façade d'un palais.
Le maire et les jurats intervinrent pour faire dispenser Clochard du chef-d'œuvre, afin qu'il ne fût pas détourné des travaux des *moulins de Bacalan* qu'il construisait alors. Son admission, avec dispense du chef-d'œuvre, amena des réclamations et occasionna quelque trouble dans la corporation.

1er août 1789. — Jean Richefort.

Un bâtiment pour la tenue des États généraux; — une arrière voussure de Saint-Antoine.

Délivrance de chef-d'œuvre à NICOLAS PAPON, compagnon
maçon (reçu en 1771).

Aujourd'hui dix-sept décembre mille sept cents soixante-dix, nous soussignés, maitres maçons et architectes, inspecteurs et conterolleurs de la ville de Bordeaux, nous sommes assemblés en la manière acoutumée dans le couvent des révérends pères Carmes mitigés discelle. Et ce au sujet de Nicolas Papon, compagnon maçon, lequel s'est présenté pour être reçu dans notre frairie et maitrise. Ce que nous lui avons accordé en par luy supportant les charges de la frairie et maitrise comme les autres maitres ont fait. Et faisant pour son chef-d'œuvre un trompe en tour ronde rempante par têtes égalles, coupée par pièces et morceaux. Et pour son essay de main une chapelle sépulchralle sur un plan octogonne de dix à douze toizes de diamètre, avec un porche de l'ordre dorique ayant ses façades extérieures décorées du même ordre, et l'intérieur de ladite chapelle sera décoré d'un ordre ionique. Et qu'il sera également placé, dans quatre des faces de ladite façade des mosolées. Le tout avec plan, ellévations, couppes et profil couronné avec charpente et couverture en rottonde. Et que léchelle de proportion dudit plan ne pourra être réduitte à moins de deux pouces par toize. — Ce qu'il nous a promis de faire chez maitre Laclotte, notre premier bayle. Et a pris pour son parrain Mᵉ Laclotte ayné. Et ont manqué à l'assemblée : Mᵉ Tardy, — Mᵉ Rousseau, — Mᵉ Blan, — Mᵉ Rivaile, — Mᵉ Chevé, quy sont en campaigne ou malades.

BOUSSIGON, — DUREAU, — VINCENDON, — ROUX, — LACLOTTE, — BURGUET, — VALANCE, — DARDAN, — ROGEAT, — DESPUJOL, — RIVAILLE, — MALESCOT, bayle ; — BERAUD, bayle ; — VALANCE, bayle ; — LACLOTTE, bayle ; — ROUSSEAU.

Approuvant la rature entre lingnes ; Mᵉ Chalifour père ne pouvant signer à cause de son incomodité, consent et aprouve la délibération. (1)

N. Papon, acceptant le chef-d'œuvre.

----

(1) Chalifour père était paralysé.

Délivrance de chef-d'œuvre à MATURIN TARDY, fils de maître.
(Il n'y a pas de traces de sa réception.)

Aujourd'huy dix-neuf septembre mille sept cent soixante-quinze, nous maîtres maçons et architectes, inspecteurs et conterolleurs, intendents de maçonnerie, nous sommes assemblés en la manière accoutumée au couvent des révérends pères Carmes de cette ville, mitigés d'icelle, au sujet du sieur Maturin Tardit, fils de maître; Glaude Tardit, maître maçon et architecte en notre communauté, n'ayant trouvé rien qui lui empêche d'être reçu, sinon qu'il n'a pas un âge compétent. En conséquence, avons agréé ledit Maturin pour être reçu maître en notre communautté et jouir des droits et prérogatives ainsy que nous jouissons, lorsqu'il aura atteint l'âge de vingt ans, et avons depuis aujourd'hui fixé son chef-d'œuvre, qu'il ne faira que dans le courant des six derniers mois qui échairont desdittes vingt années, lequel chef-d'œuvre ou essay de main, et un hôtel à loger un président à mortier avec ses plans, coupes et elléyations qu'il nous a promis de faire chez un des bayles quy seront en charge audit tems, et lui accordons la précéance de tous ceux qui pourront être receux après le fils de maître Brothier, et avons signé jour et an que dessus.

> DESPUJOL. — Antoine ELIOT. — M. BLAN.
> — CHALIFOUR. — BROTHIER. — HUR-
> TAULT. — TARDY.

Délivrance de chef-d'œuvre à GABRIEL DURAND, compagnon
maçon (reçu en 1780).

Aujourd'hui seize septembre mille sept cent soixante-dix-neuf; nous, maîtres massons et architectes jurés, inspecteurs et conterolleurs intendents de maçonnerie de la ville de Bordeaux, nous sommes assemblés en la manière accoutumée au couvent des révérends pères Carmes de cette ville, mitigés d'icelle, au sujet du sieur Gabriel Durand, compagnon masson, qu'il nous aurait prié de voulloir bien le recevoir dans notre communotté, confrairie et métrisse. Apprès avoir fait enquette de ses bonnes vies et mœurs, n'ayant rien trouvé à ymputer sur sa conduitte.

En conséquence, luy avons délivré chef d'œuvre pour reconnoitre ses capacité.

Luy avons donné pour pièce de trait une piramide connique établie en tour ronde, terminée en octogonne, érigée pour une fontaine publique, dont son soubassement sera d'aplomb. — Il sera fait un escallier en forme de fer à cheval en dehors, voutté et suspendu. — Il commancera par marches massives. La voute commançant par une trompe dans l'angle dont un ymposte sera rempante et l'autre de niveau. Et sera terminée aussi par une trompe qui servira de pallier d'arrivée pour entrer au dessus d'unne voutte faite comme il sera cy après expliquée. — Laditte trompe naitra d'une platebande dont les voussoirs formeront les naissances de laditte trompe, la platebande en dedans formera une voussure de Sainte-Entoinne rachetant une voutte sphérique. — Sera pareillement fait trois portes pour entrer sous laditte voute divisées en parties égalles avec une pareille voussure de Sainte-Entoinne à chaque. Au dessus de la voutte sera terminé le soubassement. De là partira laditte piramide qui sera établye sur plan rond observant que la ligne de pante de laditte piramide soit tangente à la première assise de l'établissement du rez de chossée et se terminera à son sommet en octogonne, tant par dedans que par dehors. Dans laditte piramide, sera pratiqué une révolution d'escallier vouté percé à jour et terminé par une trompe formant un pallier d'arrivée. Et ledit jour sera rond, suivant toujours la direction du conne et laditte voutte suivra les angles de l'octogonne.

A l'arrivée dudit escallier sera fait un balcon saillant en dehors, suporté par une trompe en tour ronde, sera fait quatre ouvertures au dessus de son soubassement, dont une porte et trois croizées avec leur voussure de Sainte-Entoinne par dedans, élevées à leur proportion. Celles qui rancontreront la voutte seront rempantes et rachèteront laditte voutte, les platebandes seront toujours droites, quoique la voussure soit rempante.

Et pour essay de main, le frontispice d'une église conventuelle avec un ordre dorique..

Ce qu'il nous a promis de faire chez mettre Despujol, premier bayle de la communnotté, et a pris pour son parrain mettre Martin, et avons signé le jour et en que dessus.

> Eliot, dit Camblane. — Roux. — Malescot. —
> Valance. — Bayle. — Beraud. — Bellard
> ainé. — Moreau. — Sabarot. — Rogeat. —
> Beraud fils ainé. — Martin. — Croizet. —
> Faux. — Brothier. — Audoueing. — Hur-
> tault, syndic. — Chevay. — Despujol,
> syndic. — Bayle, syndic.

Aspirant se faisant aider pour son chef-d'œuvre.

Aujourd'huy vingt-trois septembre mil sept cents soixante-dix-huit, nous, maitres maçons et architectes jurés, inspecteurs et controlleurs de maçonnerie, nous sommes assemblés en la manière accoutumée, au couvent des révérends pères Carmes de cette ville, mitigés d'icelle, au sujet du sieur *Senssinne*, aspirant à la maîtrise. Et comme il est survenu à la compaignie que le sieur Senssinnes fait faire son chef-d'œuvre par des mains étrangères, il a été convenu par la présente délibération qu'il serait prévenu que laditte compaignie n'entend point adopter ni agréer cedit chef-d'œuvre, mais qu'il referait lui-même cedit chef-d'œuvre conformément au programme qui lui en a été donné chez le bayle syndic qu'il lui a été prescrit lorsqu'il cest présenté, et ont signé ce jour et an que dessus.

> Girard père. — Bellard. — Chevay. — Bayle.
> — Béraud. — Rogeat. — Papon fils ainé. —
> Valance. — Hurtault. — Grasset. — Girard
> fils. — Brothier. — Bellard fils. — Moreau,
> sindic. — Béraud fils ainé. — Roux fils. —
> Martin. — Croizet. — Sabarot, sindic.

V

Lettres de maîtrise.

Lettres de maîtrise pour GABRIEL DURAND.

Les Maire, lieutenant de Maire et Jurats, gouverneurs de Bordeaux, comtes d'Ornon, barons de Veyrines, prévots et seigneurs d'Eysines et de la prévoté et banlieue d'Entre-Deux-Mers, juges criminels et de police. A tous ceux qui ces présentes verront, salut. Savoir faisons qu'étant bien et duement certains et informés des bonnes vie, mœurs, suffisance, capacité et expérience de Gabriel Durand, aspirant à la maîtrise d'architecte en la présente ville et y habitant. A ces causes et autres bonnes et justes considérations à ce nous mouvant, avons reçu et recevons par ces présentes ledit Gabriel Durand, maitre architecte en la présente ville et faubourgs; pour de ladite maîtrise, droits et priviléges y attribués, jouir et user tout ainsi et de même que les autres maitres architectes en la présente ville ont accoutumé et doivent jouir, à la charge par lui d'exécuter les statuts et règlements, aux peines y contenues. Lequel nous a fait et prêté le serment au cas requis et accoutumé, après avoir fait enquête de ses bonnes vie et mœurs devant monsieur de Lamontaigne, écuyer, avocat jurat à ce député et rapporté certificat de sa catholicité, signé Subercasaux, vicaire de Saint-Seurin.

Si donnons en mandement à tous nos officiers justiciers et prions ceux du Roi qu'icelui dit Gabriel Durand, laissent, souffrent, permettent pleinement et paisiblement jouir de ladite maitrise, droits, émoluments et priviléges susdits sans lui faire, ni permettre lui être donné aucun empêchement contraire. Donné à Bordeaux, en jurade, sous le seing de Monsieur Quin, jurat, en l'absence du clerc-secrétaire ordinaire de la Ville, sceau et armes d'icelle, le dix-neuf décembre mille sept cent quatre-vingt.

En l'absence du Clerc de ville :

QUIN, *Jurat.*

(Scellé en cire verte, sous papier.)

Ces lettres de maîtrise, que je conserve précieusement, sont manuscrites, sur parchemin.

D'ordinaire, elles étaient imprimées avec des blancs à remplir : le libellé est le même.

Telles sont celles du 20 mars 1781, pour Jean Dufor, tourneur-tabletier, fils de maître; celles du 18 février 1778, pour Jean Robert, menuisier; celles du 13 octobre 1758, pour Pierre Dubourdieu, cordonnier; ces trois dernières sont signées Chavaille, clerc-secrétaire de l'Hôtel-de-Ville.

Gabriel Durand et son frère Alexandre étaient natifs de Mathieu-sur-Mer (Calvados). En 1773, l'architecte V. Louis, qui se rendait à Bordeaux pour y construire le Grand-Théâtre, amena avec lui les deux jeunes compagnons qu'il avait su apprécier dans ses travaux à Paris. Gabriel avait alors vingt-trois ans. Les deux frères dirigèrent tous les travaux du Grand-Théâtre; après quoi Gabriel demeura à Bordeaux pour y remplacer son patron dans ses travaux, au nombre desquels il faut citer les hôtels Mathieu, Legrix, de La Molère, Saige, Boyer-Fonfrède, etc.

Alexandre retourna à Paris, où il se fit recevoir maître et il continua à travailler avec M. Louis, notamment pour le duc de Choiseul, sur les terrains avoisinant l'ancienne Comédie italienne et à l'église de Dunkerque.

Gabriel fut rappelé à Paris en 1782, et V. Louis le chargea des immenses travaux du Palais-Royal pour le duc d'Orléans. Rentré à Bordeaux en 1786, il s'occupa, toujours en collaboration avec V. Louis, des travaux de construction de la place Louis XVI, de la maison Gobineau, de l'hôtel Saint-Marc, du château du Bouilh, etc. En outre, il fit d'assez grands travaux, tant pour son compte qu'en participation avec d'autres maîtres bordelais. Les événements de la fin du dix-huitième siècle ne furent pas favorables au compagnon normand, devenu maître bordelais, et il se trouva heureux, après avoir exécuté les travaux du fort Bayard, à l'Ile d'Oleron, en collaboration avec son confrère Burguet, d'entrer dans les travaux du pont de Bordeaux, sous les ordres de M. Deschamps; il y remplit les fonctions de payeur jusqu'à sa mort, 8 mars 1814.

VI

Discipline de la corporation.

L'autorité des bayles était considérable, et je n'ai pas trouvé d'exemple où la corporation ait manqué à les soutenir, même contre ses propres membres.

— En analysant les statuts de 1787, nous y avons retrouvé l'arrêt des jurats rendu à la requête des syndics et condamnant Mᵉ Dulugat à l'amende, pour avoir contrevenu aux statuts. Le registre des délibérations va nous fournir d'autres exemples de la fermeté de la discipline.

— « Le 9 décembre 1771, Bayle, syndic, se plaint « que Mᵉ Petit l'a injurié dans l'assemblée du 6 du même « mois, au sujet de la visite faite dans le chantier du sieur « Ventillac, aux terres de Bordes, où Petit avait commis « une contravention. — La communauté décide que Petit « sera exclu des assemblées pendant six mois.

— « La contravention n'en fut pas moins poursuivie « en justice, et les jurats ayant rendu un appointement « contre Petit, la communauté, dans sa séance du 10 sep-

« tembre 1773, chargea les bayles de faire diligences
« pour amener ledit appointement à exécution.

— « Le 4 mars 1773, Papon ayant insulté des bayles,
« qui ont relevé, de sa part, une contravention dans la
« construction d'un mur mitoyen, rue des Menuts, on
« décide qu'il sera exclu pour six mois et qu'il paiera
« une garniture de cierges pour mettre devant l'autel,
« pour la frairie.

— « Nous avons déjà dit ce qui advint au même Papon,
« au sujet de Claude Clochard, 14 avril 1778.

« Darche, écuyer, a fait signifier à Cantinolle et à Bayle,
« son architecte, un acte contenant des termes injurieux
« pour la corporation, et Chalifour a signé cet acte. —
« L'assemblée décide qu'il rétractera ses injures, qu'il
« fera des excuses publiques aux bayles, et qu'il donnera
« une garniture de cierges pour la fête de l'Ascension.

« Chalifour refuse de se soumettre.

— « Le 6 mai 1778, Rogeat est spécialement chargé
« de le poursuivre en justice, au nom de la corporation,
« pour obtenir la rétractation et le bâtonnement des
« injures.

— « Le 20 mai, lecture est donnée d'une requête pré-
« sentée par Chalifour au parlement; la communauté
« enjoint aux bayles de se présenter dans l'instance en
« en son nom.

— « 17 mai 1780. — Jean Chalifour fils et J. Béraud
« fils, ont refusé de porter les drapeaux de la corporation
« à la fête Dieu précédente. Chalifour est exclu pour neuf
« mois et paiera deux garnitures de cierges; Burguet
« est exclu pour six mois et paiera une garniture de
« cierges.

— « 21 juin 1780. — Roux père, ancien maître, a donné
« sa démission et n'a pas rendu ses comptes de trésorier.

« — Les bayles sont chargés de le poursuivre en justice ;
« fort heureusement tout s'arrange le 21 octobre suivant.

— « 6 novembre 1782. — Un certain nombre de maî-
« tres ne se sont pas rendus aux obsèques de Mme veuve
« Laclotte ; on relève leurs noms et ils paieront l'amende.

— « 3 février 1785. — L'assemblée décide que le maître
« qui refusera d'aller toiser et vérifier le moellon sur le
« quai ; celui qui fera enlever du moellon avant qu'il ait
« été toisé, paiera 30 livres d'amende pour la chapelle de
« la confrérie.

— « 2 juin 1787. — Audoueing prétend qu'on lui a
« fait un passe-droit en ne le nommant pas bayle à son
« tour ; il a intenté une action devant les jurats. Les
« bayles sont chargés de résister à cette action, et auto-
« risés à recevoir les avances d'Audoueing, s'il en fait.
« — L'affaire s'arrangea, sans doute ; mais Audoueing ne
« fut jamais bayle !

— « 18 décembre 1787. — Les bayles ont eu à se plain-
« dre de Barthés : il est exclu pour six mois, condamné
« à payer une garniture de cierges et à faire des ex-
« cuses. »

Vis-à-vis des tiers, la corporation ne se conduit pas
avec moins de fermeté. Nous savons tout ce qu'elle a fait
pour maintenir dans la soumission et le devoir les carriers et les compagnons : un fait particulier mérite d'être
cité.

Le 5 juillet 1775, Me Sabarot dit que dans le chantier
de l'Archevêché, un compagnon, nommé la Réjouissance
d'Orléans, a profité de son absence pour *assommer* le
nommé Eyminié, son neveu, apprenti de Sabarot. Ce
dernier ayant voulu s'entremettre, en a été empêché par
un compagnon étranger, Joli-Cœur d'Oleron, qui l'a arrêté d'*un rude coup de poing*. Sabarot a porté plainte au

lieutenant criminel. La corporation ordonne aux bayles
de s'occuper de cette affaire, de présenter un placet au
premier Président, et d'accompagner Sabarot, pour demander justice, chez le Lieutenant criminel et au Parlement.

Ces exemples suffisent pour montrer combien était
grand et vivace le sentiment de confraternité et de solidarité professionnelle.

———

VII

Finances de la corporation. — Ses embarras. — Ses

ressources. — Assistance.

J'ai déjà dit quelles étaient les ressources de la corporation et combien elles étaient incertaines et insuffisan-
tes. Voyons où les maîtres en étaient de leur fortune,
comment ils payaient leurs dettes et la part que la charité avait à l'origine de ces dettes :

— « 13 décembre 1769. — Il est dû à Cantaranne, dro-
« guiste, rue des Ayres, 397 livres 15 sols et 3 deniers,
« pour des cierges. — On doit encore 76 livres, 13 sols et
« 4 deniers, au boulanger qui fournit le pain aux maîtres
« indigents. L'assemblée décide que les 27 maîtres qui
« sont en état de payer, seront taxés chacun à 17 livres et
« 7 sols. Ceux qui seront en retard pour ce paiement se-
« ront assignés par les bayles. »

— « 24 septembre 1770. — Vingt membres réunis en
« assemblée s'engagent à donner chacun, tous les mois,
« 20 sols à Mᵉ Dureau, qui a fait connaître sa pauvreté.

— « 12 mars 1774. — Les maîtres se cotisent pour
« payer un billet dû à un sieur Robert.

— « 6 décembre 1774. — On doit 2,000 livres à de-
« moiselle Jeanne Béchot, et 2,000 livres à Robert. — Les
« bayles sont chargés de solliciter des lettres patentes
« du Roi, autorisant la corporation à emprunter 6,000 li-
« vres à rente viagère et fonds perdu.

— « 3 juillet 1779. — On doit encore les 2,000 livres
« à Robert, qui réclame un billet à ordre et 100 livres
« pour un an d'intérêts.—Me Brothier fils réclame 300 li-
« vres avancées par lui en 1778.

— « 23 août 1779. — La Cour de Parlement a condamné
« la corporation à payer 508 livres. — Les trente maîtres
« en exercice sont taxés à 18 livres chacun,

— « 17 avril 1780. — Il faut payer les 2,000 livres
« dues à Robert. Les bayles sont chargés de faire un em-
« prunt par contrat.

— « Le 27 du même mois, ils ont trouvé prêteur. Par
« contrat passé devant Grous, notaire, ils ont emprunté
« 2,000 livres à Célestin Larrey, négociant, et Robert est
« payé. Larrey offre autres 2,000 livres pour payer Marie
« Chaigneau, veuve Carteau, qui a prêté pareille somme
« pour désintéresser Jeanne Béchot. La corporation ac-
« cepte cette offre. Pour sûreté de l'emprunt, les maîtres
« engagent tous leurs biens. »

La situation était loin d'être prospère; on devait, et
les fréquents appels de fonds étaient impuissants à étein-
dre des dettes dont je n'ai pu encore découvrir l'origine,
pas plus que je ne sais comment elles ont été définitive-
ment payées. Cependant, et de 1780 à 1790, le registre
n'en fait plus mention.

VIII

Actes politiques de la Corporation.

Il est intéressant de voir la corporation intervenir avec indépendance dans les faits politiques qui précédèrent la réunion des États Généraux.

Elle se prononce contre le rétablissement des États provinciaux; sur le nombre proposé des députés du Tiers-Etat; sur la nécessité de faire connaître au roi les réclamations du Tiers; elle vote des subsides à la députation; enfin, elle charge un des maîtres de concourir, en son nom, à la rédaction du célèbre *Cahier* et de nommer les députés à l'Assemblée provisoire.

On sait la part active que le dernier maître reçu, Richefort fils, prit aux faits révolutionnaires à Bordeaux et la célébrité railleuse que lui a faite Gustave de Galard dans quelques-unes de ces gravures enluminées qu'il publiait vers 1808.

— « 6 décembre 1788. — La corporation, consultée sur « la *Restauration des Etats de Guienne* proposée par la « noblesse, n'est pas d'avis favorable; encore moins « à la nomination de vingt-quatre députés du Tiers-« Etat; ce nombre paraît exagéré. Elle est d'avis qu'il « convient qu'à l'avenir le Tiers-Etat soit convenable-« ment représenté; que les corporations se réunissent « pour adresser au roi cette réclamation du Tiers-Etat. « Elle se fera un devoir de concourir à ces démarches. »

— « 1er mars 1789. — La corporation est appelée à voter « une somme pour contribuer aux dépenses faites pour « la députation au roi, des envoyés du Tiers-Etat; elle « vote, à la majorité, une somme de 300 livres. »

— « 2 mars 1789. — La corporation désigne maître

« Laclotte aîné pour son député à l'assemblée qui doit
« se tenir à l'Hôtel-de-Ville, pour concourir à la rédaction
« du *Cahier* du Tiers-Etat et pour nommer les députés
« qui seront chargés de porter ledit *Cahier* à l'assemblée
« qui sera tenue devant M. le grand Sénéchal. »

Vote d'un subside de 300 francs pour la députation au Roi.

Aujourd'huy trois mars mille sept cent quatre-vingt-neuf, la
communauté des maîtres-maçons et architectes, jurés à Bordeaux,
assemblés à la manière accoutumée au couvent des révérends
pères grands-carmes de cette ville, mitigé d'icelle, relativement à
ce qui a été raporté par ces commissaires, députés à l'assemblée
du Tiers-Etat qui se tient au couvent des révérends pères Jacobins,
pour contribuer aux frais des dépenses faittes pour la députation
au Roy, ladite communauté étant assemblée le jour d'yer, pour
raison de ce, et autres objets, après avoir délibéré et recueilli les
voix; dix-huit sont été pour donner trois cents livres, huit pour
trois livre chaque, un, pour cent livres au total et trois pour ne
rien donner. La majeure étant pour trois cent livres, la communauté a consenti de les donner de ces deniers. N'ayant pu dresser
et faire signer la présente delibération le même jour, à cause du
scandalle dont il sera cy-après parlé et avons signé cejourd'huy
jour et an que dessus (1).

> CHEVAY. — VALANCE. — BÉRAUD. — Jean LACLOTTE.
> — J. ROGEAT. — SABAROT. — HURTAULT. —
> CROIZET. — G. DURAND. — GRASSET. — CHALI-
> FOUR. — DERIEUX. — BÉRAUD jeune. — BURGUET.
> — SERVEN. — MARTIN. — J. RICHEFORT. — ROUX.
> — PETIT. — DESPUJOLS. — LACLOTTE aîné.
> — BÉRAUD aîné, *bayle.* — AUDOUING, *bayle.*

---

(1) Le scandale dont il est question, c'est la mention suivante que M⁰ Papon avait commencé d'inscrire à la fin de la délibération du 2 mars 1789:
« Aprouvant le contenu de la délibération aux autres parts, attendu les
« circonstances et notamment de ce que le sieur Clochard n'est point à la
« dite assem.... » Les syndics empêchèrent Papon d'en écrire plus long. Il
s'ensuivit un colloque violent; l'assemblée fut suspendue et reprise le len-
demain. Les adhérents de Papon en cette affaire étaient Eliot, Brothier,
Lacave, Paillou, Mouret, Lasmolle, Cassaigne, Dufau, Salomon, Bergerac,
Barthez, Massé, Poirier, Menot, Privat, Laforet, Huste.

Perception de la contribution patriotique.

Aujourd'huy cinq may mille sept cent quatre-vingt-dix, la communauté des maîtres-maçons et architectes à Bordeaux, assemblés à la manière acoutumée au couvend des révérends pères grands carmes de cette ville, et ce pour procéder à la nomination d'un receveur pour la contribution patriotique, laquelle a nommé le sieur Béraud aîné, premier bayle de ladite communauté pour recevoir le premier terme de la présente année mille sept cent quatrevingt-dix et ont signé jour et an que dessus.

RICHEFORT.— CHEVAY.— VALANCE.— BÉRAUD. — PAPON fils aîné. — BROTHIER. — MARTIN. — CROIZET. — PAILLOU. — BURGUET. — LASMOLLE. — DUFAU. — BERGERAC aîné. — SALOMON. — JANEAU. — BARTHEZ fils. — BÉRAUD jeune. — LAFORÊT. — MASSÉ. — MASSÉ. — PRIVAT. — HUSTE. — CLOCHAR.— LACAVE, *bayle.* — AUDOUEING, *bayle.* — BÉBAUD aîné, *bayle.* — HURTAULT, *bayle.*

IX

La confrérie. — Ses drapeaux. — Ses dépenses.

Je n'ai pas découvert le règlement de la confrérie, et peut-être n'existe-t-il plus. Je crois, cependant, qu'on en trouverait des traces dans les archives des Grands-Carmes : ce travail attend un homme de bonne volonté.

Le registre des délibérations contient, à la date du 30 mai 1771, le curieux document suivant :

30 *mai* 1771. — *Bénédiction des drapeaux* de la confrairie des maitres maçons et architectes en l'église Saint-André, devant la chapelle de Notre-Dame-de-la-Nef, par S. A. S. Mᵍʳ Ferdinand-Maximilien Mériadec, prince de Rohan Guéméné, grand prévot de

l'église de Strasbourg, abbé de Mouzon, archevêque de Bourdeaux, primat d'Aquitaine.

Présents : Maîtres Jean RICHEFORT, — François ROUX, — Gabriel CHALIFOUR fils, — Pierre BELLARD fils, — Jean MALESCOT, — Etienne LACLOTTE, — Etienne BAYLE, — Mathieu VALANCE fils, — Nicolas BÉRAUD, — Jean LACLOTTE jeune, — Jean-Georges SABAROT, — Blaise DESPUJOL.

Ces drapeaux, dont nous ne connaissons ni la forme, ni la couleur, étaient vraisemblablement les mêmes que Chalifour fils et J.-B. Béraud refusèrent de porter à la Fête-Dieu 1779.

Il y a lieu de supposer qu'ils étaient semblables à ceux de confréries dont je me rappelle avoir vu quelques-uns dans certaines petites villes et peut-être même à Bordeaux, notamment lors de la procession des Montuzets. C'étaient de grands étendards de soie, généralement mi-partis.

Il est vraisemblable que ceux des maîtres maçons étaient : l'un blanc et rouge, aux couleurs de la jurade, l'autre blanc et bleu. Voici sur quoi je fonde cette hypothèse :

Les statuts de 1787, comme la liste des maîtres de 1772, sont timbrés du cachet de la corporation, représentant, sur un champ d'azur, un compas et une équerre d'argent ; d'ailleurs le plus grand nombre d'armoiries connues, de corporations et métiers, présente, sur champ d'azur, les outils de la corporation en argent, La corporation des maîtres maçons de Paris portait d'azur à trois marteaux d'argent.

Et comme le drapeau était toujours des mêmes couleurs que l'écusson, pourquoi mon hypothèse serait-elle fausse ?

En attendant que les documents relatifs à la confrérie

soient retrouvés, voici toujours un renseignement fourni par les délibérations :

Le 20 novembre 1783, le père Dumau, sacristain des Grands-Carmes, s'est plaint de l'insuffisance de la somme payée pour les services de la Chandeleur et de l'Ascension. La corporation décide qu'à l'avenir on paiera 72 livres par an pour les services et 6 francs pour le prédicateur. De plus, et aux deux fêtes, on laissera à la sacristie les six cierges qui composent la garniture d'autel et qui devront peser une livre et demie chacun.

En terminant cette étude, déjà longue et pourtant incomplète, je renouvelle l'expression de mon désir de voir quelqu'un de nos confrères poursuivre ces recherches intéressantes.

Les corporations, je le répète, sont imparfaitement connues, et ne méritent ni tout le bien ni tout le mal qu'on en a dit.

Œuvre du temps, de l'expérience, leurs statuts, imparfaits comme tout ce qui sort de nos mains, n'en méritent pas moins une étude approfondie, patiente, mais surtout loyale et exempte de passion.

L'apprentissage, la maîtrise, l'assistance aux faibles, aux malades et aux pauvres, le respect professionnel, l'observation et l'application à tous du règlement, qui était la loi, le sentiment profond de la solidarité; ces idées et ces principes sont la base des statuts et dominent tous les actes de la corporation.

Qu'on en ait abusé, c'est certain, et les statuts ont eu cela de commun avec toutes les lois humaines, qui n'en sont ni meilleures, ni pires.

Mais si nous nous bornons à juger de l'organisation dans son ensemble et par ses résultats, nous ne pourrons méconnaître qu'elle était bonne, en principe, puisqu'elle produisait des hommes capables d'accomplir les chefs-d'œuvre dont nous avons vu le redoutable programme, et d'élever ces monuments, ces hôtels, ces maisons remarquables qui font notre légitime orgueil et l'une des gloires de la cité.

2 juillet 1878.

Charles DURAND,

Architecte.

Bordeaux. — Imprimerie administrative Racot, rue de la Bourse, 9-11-13.

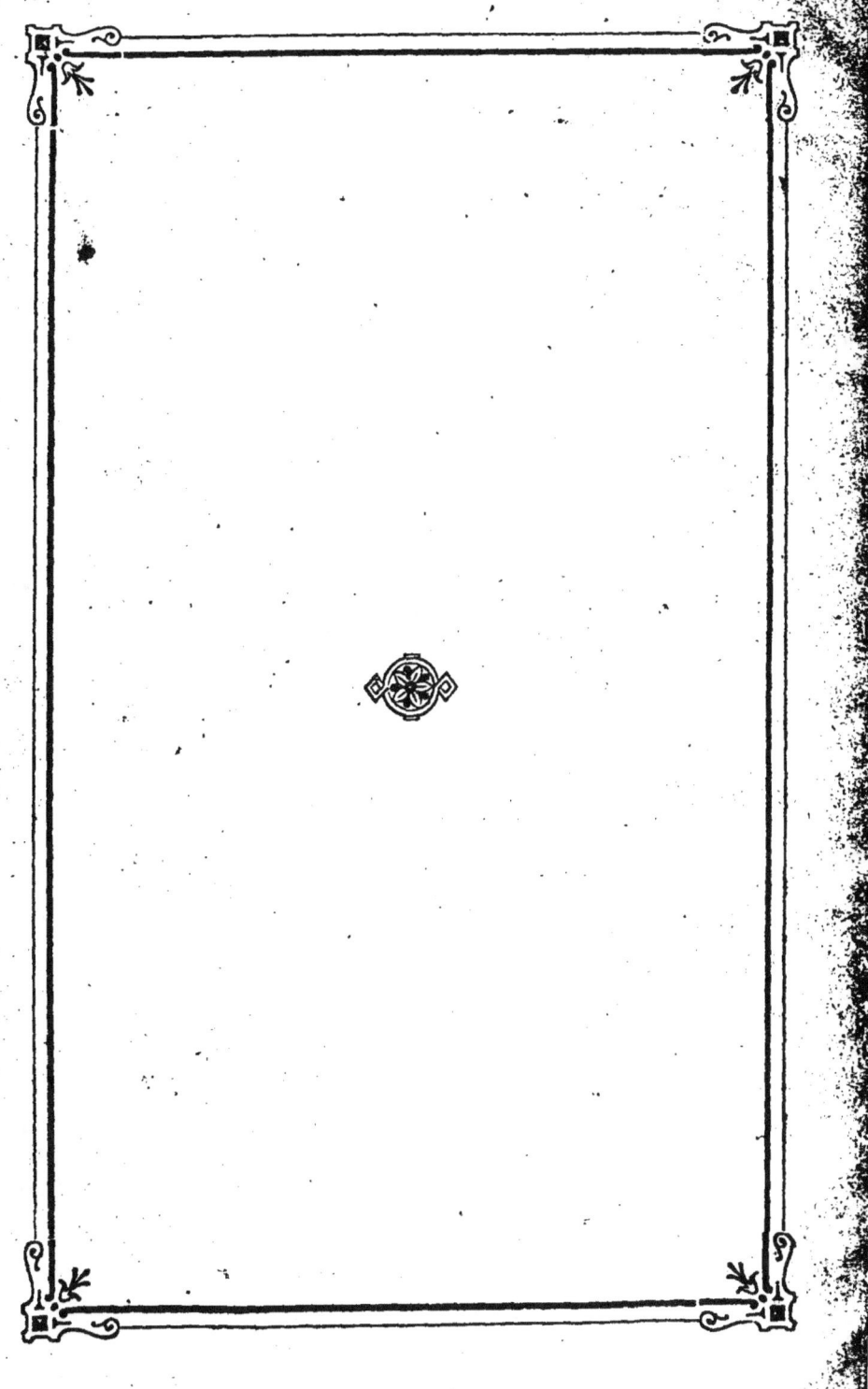

www.ingramcontent.com/pod-product-compliance
Lightning Source LLC
Chambersburg PA
CBHW060808180626
46818CB00002B/752